再美也美
不过想象

耀一

著

CNS 湖南文艺出版社 HUNAN LITERATURE AND ART PUBLISHING HOUSE 博集天卷 CS-BOOKY

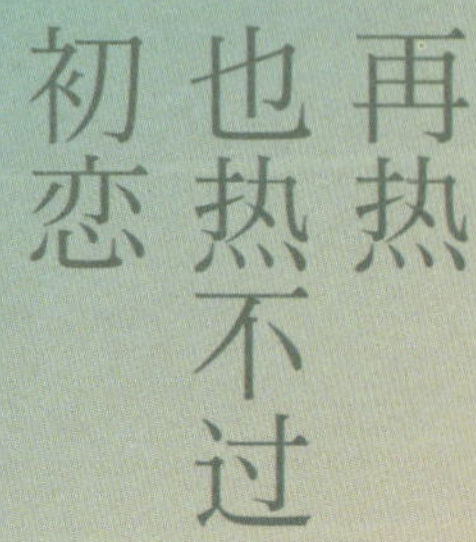

再热也热不过初恋

已经立秋了，
可天气还是这么热。
我突然想到大妈的那句话：
再热也热不过初恋。

人的想象力在爱情来临的时候是最强大的。
当你爱上一个人的时候，在你的脑海中，
你早就和他/她过完了一辈子。

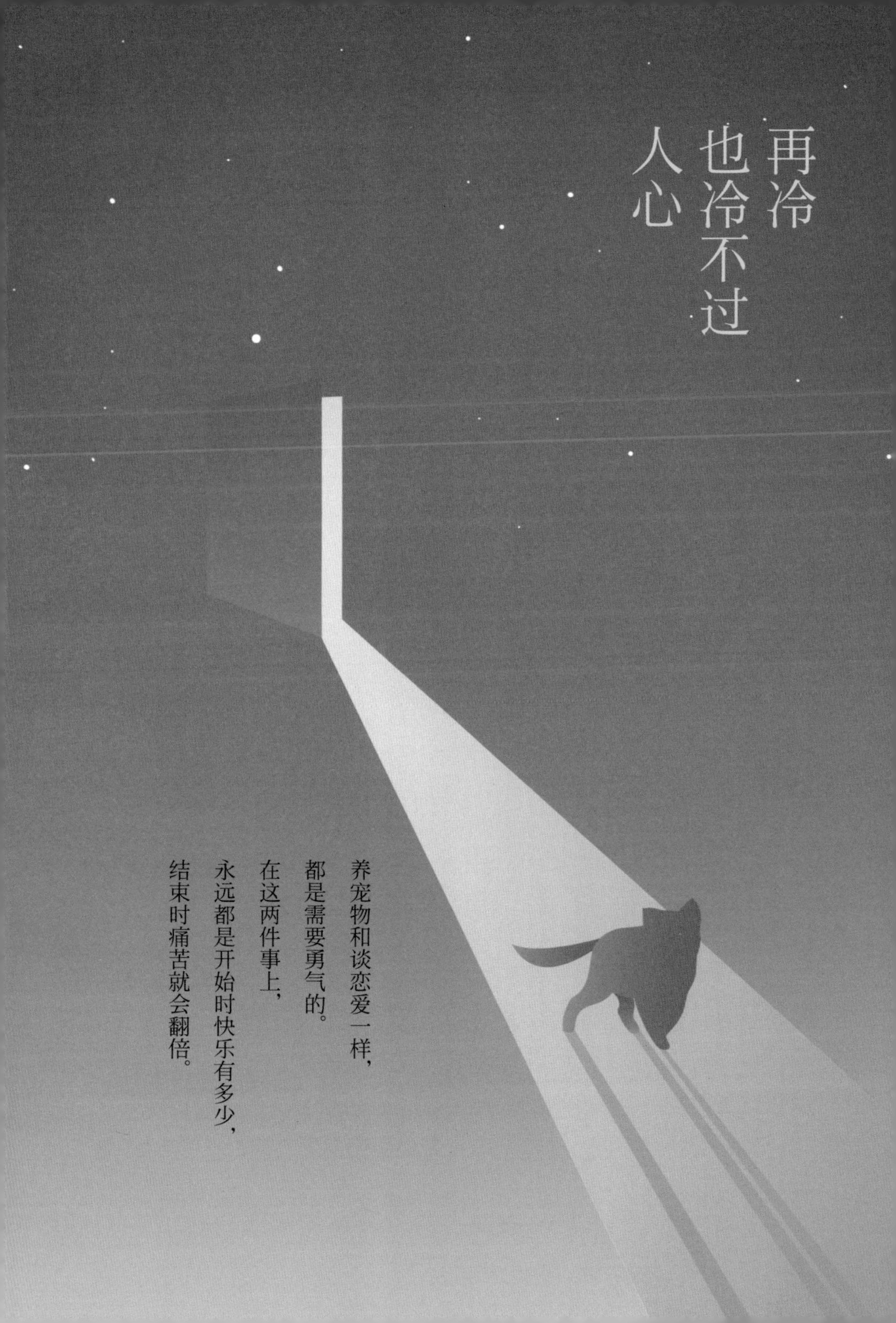

再冷
也冷不过
人心

养宠物和谈恋爱一样，
都是需要勇气的。
在这两件事上，
永远都是开始时快乐有多少，
结束时痛苦就会翻倍。

再长也长不过等待

你们若相爱，
彼此就该是鲜活的，
就算死了也是鲜活的。
你们彼此活在
对方的任何时间与空间里，
无论睡着还是醒着。
你们若不相爱了，
彼此就该是死去的，
就算活着也是死去的。

再美
也美不过
想象

当你爱上一个人的时候，
在你的脑海中，
你早就和他/她过完了一辈子。

再远
也远不过
生死

两人一起
经历春夏秋冬、酸甜苦辣。
等到老去，
把这一生当作童话说给后辈听，
即便故事里有生离死别，
也会面带微笑。

再暖
也暖不过
平凡

爱情只是人生的一部分，
可以温暖人心的不只是爱情，
每种感情都有它的温度，
哪怕是看起来很平凡的感情。

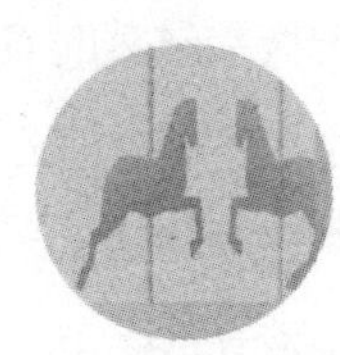

自　序
Hi，我是捡故事的耀一

2013年8月11日晚，我在微博上发布了一个与卖西红柿的大妈有关的故事。之后一切如常，没有任何异象。深夜时我依然在苦逼地刷剧本。

直到第二天早上八点多敲下“本集完”三个字，我才如释重负，洗漱一番上了床。虽然困成了狗，我依然习惯性地伸出爪子刷微博。一打开微博，整个人都“哎呀卧槽[1]俺要升天”了！一万的转发数闪闪发光，像个撩骚的妹子不停地对我说：“点我点我快点我嘛！”于是，我禁不住诱惑点开转发和评论，整个人进入了一种不太科学的状态。我突然意识到自己有个特殊技能——捡故事。

对于捡故事这件事，我不知不觉陷入了乐此不疲的状态。

---

① 网络语气词，常用于表示惊讶或不爽。

在湖边吃饭，跑来一只狗狗坐在岸边。我吃完饭狗狗还在原地。老板来结账时看着狗狗低语：“又来了。”我问：“它是走丢了还是主人不要它了？”老板说：“它是流浪狗，以前还有只流浪猫。它常和野猫打架，抢鱼骨头给小猫，小猫会翻垃圾找骨头给它。后来小猫出意外死了……”我问狗狗：“很想它吧？”狗狗说：“喵。”

这是我和朋友在湖边吃饭时捡到的故事。

陈大妈几年前因重病眼失明，耳弱听。想到她最大的心愿是住在海边，陈大爷就在机场附近租了房，因为飞机起落时的声音在老伴儿听来和海浪声挺像。但没住几天就穿帮了。大妈要搬家，大爷不肯，说有钱留着治病用。大妈说：“这样下去你迟早也得聋了。”大爷说：“机场变大海，你在我身边，多美。”

这是我在医院陪护外婆时捡到的故事。

夜登紫金山，遇见个坐在山顶喝酒赏月的大爷。边休息边和大爷聊天。大爷说：“当年老伴儿答应嫁给我就是在这儿。当时是弯月，我说要是满月多好。老伴儿说：‘你不觉得像半个括弧吗？我们要一直好好的，直到达到另外半个括弧就圆满了。’老伴儿去年走了，今年看满月不觉得圆满，只觉得是个句号。”

这是我和朋友去山顶夜游时捡到的故事。

他打电话给她，说："我有点儿难受，能陪陪我吗？"

她说："好。"

挂上电话，她看着镜子里的自己，知道自己只是他安抚寂寞的工具而已。但她不介意，因为她爱他。所以她允许自己作践自己。

快到酒店的时候，他打来电话，说马上就到，让她稍等一会儿。

她去酒店附近的超市买烟。

进超市时，她看见一只流浪猫。她蹲下招呼小猫，小猫跑过来蹭她的腿，一点儿都没有惧生的样子。

她想，这只小猫真乖呀。

她想，这里的人一定很友善，所以小猫才不会惧生。

她让小猫等着她，然后走进超市买了烟和火腿肠。

出来的时候，小猫坐在原地看着她，眼神里满是期待。

不知不觉，小家伙把火腿肠吃完了，意犹未尽地舔了舔舌头，看着她。

电话响了，他说他在酒店门口了，问她在哪里。

挂上电话，她摸了摸小猫的头，说："再见咯，你要好好的哦。"然后向酒店走去。

快到酒店门口的时候，她忍不住转身看了看小猫，小家伙坐在原地看着她。

她拍了拍手，小猫飞奔了过来。

她蹲下身抚摩小猫，小猫靠着她的腿闭着眼睛享受。

他说："好啦，走吧。"

她起身，再次和小猫说："再见咯，你要好好的哦。"

她走进酒店，小猫识趣地留在门口，坐在原地看着她。

她不敢再回头看小猫，她怕看到小猫那期待的眼神。她想哭。

她拉开窗帘看着窗外发呆。

他问她："怎么一副心事重重的样子？"

她把和小猫有关的事告诉了他。

他说："傻瓜，明知道酒店不让它进来，你就不该再叫它。明知道不可能留住它，你就不该对它太好。你说，既然不能给它未来，你招惹它干吗？"

她愣了一下，转头说："浑蛋。"

他问："谁？"

她说："我们都是。"

她穿上衣服，眼睛不知不觉湿润起来，自己也搞不清眼泪是为谁而流。

这是我在酒店闭关时捡到的故事。

去宠物店接Mani（玛尼），小家伙正在和一只小博美愉快地疯耍。走上前我才发现，小博美少了一只腿。

带着Mani准备回家的时候，刚巧小博美的主人也来接它，是一个胖乎乎、笑呵呵的老奶奶。

一见到老奶奶，小博美就蹦蹦跶跶地跑了过去。老奶奶笑眯眯地蹲下身，摸着它的头，说：“哎哟，才多大一会儿啊，我们家讨喜就想奶奶啦，看你个嗲样子哦。”

打听了一下，老奶奶家和我家离得挺近，就一起往家走，路上很自然地聊到了讨喜。

老奶奶说：“你是不晓得，当初我看到我们家讨喜的时候，小东西就像块抹布一样摊在地上。啧啧啧，作孽死咯。它之前的主人真不是东西，天打五雷轰的。我看它那可怜的样子，心疼得哦，眼泪直掉。感觉小东西就要翘辫子咯，就赶紧把它带回家。我也没有养过狗，只知道狗欢喜吃肉，就买了火腿肠给它吃。乖乖，小东西一口气吃了三根呢！”

我想笑又不好意思笑，憋着气点头。

老奶奶又说：“吃完火腿肠嘛，小东西来精神咯，又跑又窜的。它还没意识到自己少了条腿，跑两下摔一跤，爬起来再跑，再摔，再跑，我看着又好笑又心疼。等它歇下来咯，我就给它洗了个澡，还给它起了个名字叫讨喜。就这样子，讨喜留在我家咯。第二天早上起来，我看讨喜有点儿不对劲，再一看，拉肚子咯。我赶紧带它去宠物医院，医生说它身体太虚，我不该给它洗澡的。应该先看医生，打打针什么的。当时吓得我直喊观音菩萨阿弥陀佛，差点儿把欧耶都搬出来咯。”

我问：“欧耶是什么？”

老奶奶说：“外国的菩萨哎。”

我说：“哦……那个据说叫耶稣。”

老奶奶说：“哎哟，烦不了来。反正我当时想，要是讨喜因为我给它洗澡翘辫子了，我就真是作孽咯。不过还好，医生说我送得及时，讨喜又逃过一劫。就这样子一直长到现在，漂漂亮亮，人见人爱，狗如其名。你说还是啊，讨喜？”

讨喜说：“汪！”

Mani跟着说：“汪汪！”

我说：“讨喜遇上您，真是命好。”

老奶奶说：“你说反咯，是我命好遇上讨喜。”

我问：“为什么？”

老奶奶说：“年前的时候，有天我突然觉得心口闷，喘不上气，人一下就晕倒了，什么都不晓得。等我有意识的时候发现自己躺在地上，嘴巴边上放着火腿肠，迷迷糊糊看见几个人，还听见讨喜一个劲儿地叫，之后就糊里糊涂地被送到医院了。后来我才知道，我晕倒以后，讨喜跑到门口超市，叼起火腿肠就跑。老板认识讨喜，也没当回事，但一想，我家讨喜从来都乖，不会偷东西的，就觉得不对劲儿，赶紧到我家来看。到我家一看，我躺在地上，讨喜把火腿肠往我嘴边推。老板就帮忙打了120。就这样子，我这条老命被讨喜捡回来了，你说还是我命好啊。”

我说：“讨喜也太聪明了吧？它是故意引老板来的吧？”

老奶奶笑着说：“哈哈哈，你这个娃儿电影看多了啵？小狗哪有那么高的智商呀。其实讨喜想得很简单，当时它快翘辫子的时候，我给它吃火腿肠，它没事了。所以它看我不行了，一想，给老太吃火腿肠她就能活，所以就跑去找火腿肠来喂我。你看看，这些小东西就是这么简单，它们知道什么叫感同身受。它们不懂什么大道理，但知道你爱它，它就要守护你。它们的语言简单到只有一个音，凑不成一句最最简单的承诺，但说到知恩图报、不离不弃，它们不要太拿手哦。你说还是啊？”

我说：“嗯。”

讨喜说：“汪。”

Mani说：“……”

哎呀卧槽！Mani又乱吃东西！快给我吐出来！我保证不打死你！

这是我去宠物店接Mani时捡到的故事。

慢慢地，我发现我捡故事的频率越来越高，捡到的故事也越来越长。所以，我现在非常能理解那些在小区垃圾桶里捡东西的老人，原来捡东西真的会上瘾。

对了，最后我想说，请把那些悲伤、失落、沮丧和眼泪留给故事里的人，剩下的快乐、幸福、希望和微笑留给现实中的自己。这才是我给你们捡故事所希望看到的。

那么，祝各位早安，午安，晚安。

我是捡故事的耀一。

目

CONTENTS

录

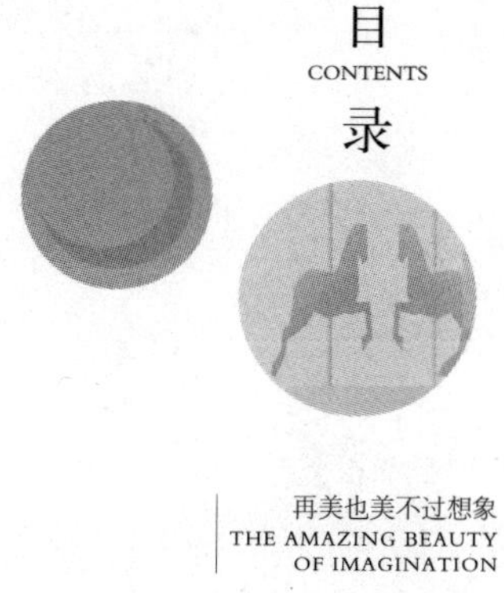

再美也美不过想象

THE AMAZING BEAUTY OF IMAGINATION

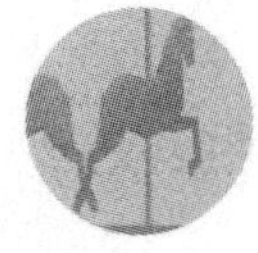

目 CONTENTS 录

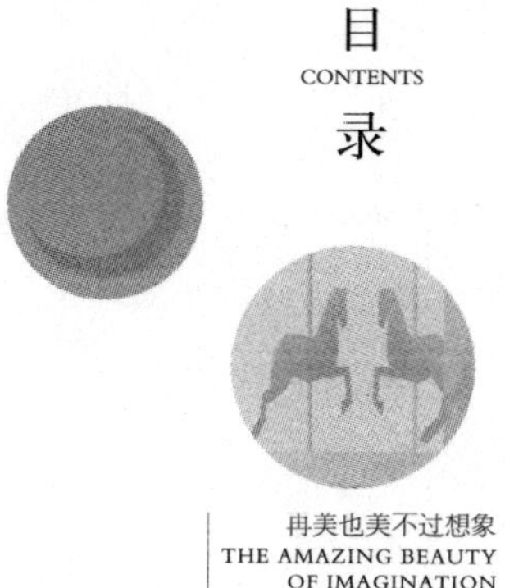

再美也美不过想象
THE AMAZING BEAUTY OF IMAGINATION

再美也美不过想象
THE AMAZING BEAUTY
OF IMAGINATION

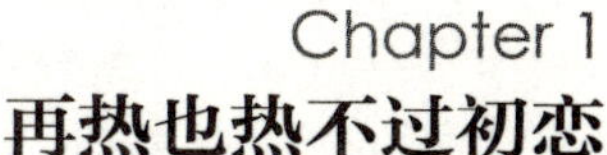

Chapter 1 再热也热不过初恋

爱情总是无声无息地悄然而至，人们毫无防备，也无须准备。谈恋爱不是找工作，没人愿意等你调整到最佳状态才和你在一起。爱像烟火，怎么热烈缤纷怎么来好了，至于绚烂过后的满地残屑，两个人手牵手一起收拾好了，多美好。

再热也热不过初恋

不知道你们上学的时候有没有过这样的经历，因为班上有个自己喜欢的人，哪怕再不喜欢念书，哪怕发烧感冒，也会自觉自愿、高高兴兴地去学校，因为那个人就是大妈所说的“盼头”。

1

我把挑好的西红柿放进小筐里，递给大妈，大妈直接把西红柿倒进塑料袋里，问：“你还赶时间啊？”

我答：“还好吧。”

大妈说：“那你先去买别的菜，回头过来我和你聊两句，还行啊？”

我点了点头，转身离开。

买好了其余的菜，我重新回到西红柿摊前，突然感觉自己像在玩RPG[①]，回到大妈这里是在做一个任务……

这时大妈的西红柿差不多还有一半没有卖掉，但摊子上竖了块牌子，上书五个大字："暂停出售。"

你没看错，我也没写错，是大妈起初把"售"写成了"兽"，后来更正了一下，所以看起来是五个字。

看我走过来，大妈笑眯眯地掀开菜摊的隔板让我进去，之后用抹布擦了擦一边的小椅子，说："来，坐。"又用这块抹布擦了擦西红柿，说："来，吃一个。"

我接过西红柿，坐下，问："大妈，找我有什么事啊？"

大妈笑眯眯地问："你家老婆今天没来啊？"

我答："嗯，她在家打扫卫生。"

大妈点了点头，说："你家老婆又好看又能干，你真是好福气。"

我不好意思地点了点头。

大妈又说："听你老婆说，你是写电视的啊？真莱斯[②]！我跟你说个故事，你还能帮我写成电视啊？"

我愣了下，说："这个嘛……"

大妈又笑了笑，说："没关系，我就这么一说。我也晓得电视不

① 即 Role-playing Game，角色扮演游戏。

② 南京话"来事"的发音，英文 nice 的谐音，"历害"的意思，也有"好"的意思。

是你想拍，想拍就能拍，还是啊？”

我笑了笑，问：“那您要说什么故事啊？”

大妈说：“昨天晚上我听来的，觉得蛮有意思的。”

“是您朋友的故事吗？”

“不是，是一个西红柿和一根黄瓜的故事。我昨天晚上睡这块[①]，偷听到的。”

“睡……这块？不热啊？”

大妈双颊绯红，说了句令我汗颜的话：“再热也热不过初恋，你懂哎。”

我毫不犹豫地奋力鼓掌，西红柿被我拍得稀烂。

2

夜晚的菜场残留着整整一天囤积下来的怪味，腐败的菜叶味、鸡鸭的骚味，还有菜农们身上的汗味和说不清来路的香水味。

大妈躺在钢丝床上吹着电风扇，迷迷糊糊即将进入梦乡时，突然听到一个声音低低地说：“你别过来，我过去，要是把你摔坏了我可心疼呀。”

借着路灯投射进来的光，大妈看见不远处黄瓜摊位上的一根黄瓜蹦蹦跳跳地向自己的摊子跳来，与此同时，在大妈左手边不远的地

① “这里”的意思。

方，一个西红柿悄悄地小心翼翼地向摊子的边沿滚过去。

黄瓜蹦跶到摊子下，努力了几次，始终无法跳上摊子。西红柿心疼地说：“你别跳了，就这样说吧，再跳你就断了。”

黄瓜苦笑着说：“你爸说得没错，我这辈子都高攀不上你呀，呵呵。”

西红柿说：“你呀，一把年纪了还是不会好好说话。什么高攀不高攀的？我们是一个大棚里出来的，我什么档次我自己知道。”

黄瓜说：“没想到这么多年过去了，我们竟然在这里遇上了。说实话，在这里遇见你，我心里不好受。我一直以为鸡蛋会让你过上好日子，好歹你们在一起也算是个出名的热菜。你爸说过，如果你当初选择了我，这辈子只能当不值钱的冷盘。”

西红柿无奈地笑了笑，说：“那你看我现在呢？还不是一样？”

“那狗日的鸡蛋呢？”

“找了个火腿肠假结婚，弄了个香港标签，之后被一个胖面包看上，一起出国当进口食品去了。”

“妈的！”黄瓜骂了一句，“那你现在日子过得好吗？”

“就那样吧，你也看见了，没什么好不好的。”

“哦。”黄瓜有气无力地应了一声。

“你呢？”西红柿问黄瓜，“你这些年过得怎么样啊？”

“说实话，我一直过得不好。这么跟你说吧，我要是躺在苦瓜堆里，都没人分得出来。”

“你老婆呢？”西红柿问，“她不管你啊？”

“我一直没结婚。自从你和鸡蛋走了以后，我就再没有心思想这些事了。反正一个人过也快活，自己吃饱了，全家不饿，呵呵。”

西红柿没有接话，但大妈看见西红柿身上有一处干瘪的小坑洼里淌出了点儿汁液。

黄瓜问西红柿：“在这里遇见也算是我们缘分未尽，你看，现在我们俩又都是单身了，要不凑合一下吧？反正剩下的日子也没多久了，就算选错了也错不了多久，你说呢？”

“我看不行。”西红柿没说话，说话的是西红柿旁边的一个小西红柿。

黄瓜愣了一下，问：“这是你儿子吧？”

“我哥说得没错。人往高处走，哪能越活越回头啊？我妈好不容易把我们拉扯到现在，我们都能赚钱了，自然会好好孝顺她，用不着外人多事。”说话的是西红柿的女儿。

“哦，对，你们说得对呀。我这样的确照顾不了你们妈。是啊，我要是和她在一起，还会给你们增加负担。还是那句话，我高攀不起呀。”黄瓜说这句话的时候，大妈发现它一下子蔫了好多，背也慢慢弯了。

西红柿沉默着，一直没有说话。她不知道该怎么打破僵局，只能眼睁睁看着黄瓜慢慢向它的摊子移去。

突然，一只老鼠从一边蹿了出来，不小心触动了角落里一个小孩子遗落的玩具电动卡车，卡车发出一阵怪声向着黄瓜冲去，一下子把黄瓜轧成了两截……

西红柿身上那个干瘪的小坑洼一下子破了，汁液汩汩流出，像眼泪一样。

她的儿女赶紧上前安慰她说：“妈，别哭，不值得。”

大妈看着西红柿，觉得心好疼。她又想看看地上已经成为两截的黄瓜，可外面的路灯一下子黑了。

3

大妈说完故事，把一袋西红柿递给我，说：“故事就是这么个故事，我说得不好听。你要是觉得有意思，写出来也行。拍不拍电视无所谓，我随口说的。这些西红柿送给你了。从明天开始，我也不来了。”

我接过西红柿，问：“那我写好以后呢？”

大妈笑了笑，说：“我给你个地址，你写好了给我寄一份，还行啊？”

我点了点头，说：“行，这个故事我一定写出来。哦，对了，您不来了，那这里怎么办？”

“交给我家女婿来弄。我也算运气好了，儿子、女儿都孝顺，女婿、媳妇也都不错。反正这边我也没什么盼头了，来不来无所谓了，回家带孙子去。”大妈是笑着说的，但我总觉得她的笑里夹杂着点儿什么。

我拎着西红柿转身离开的时候，才发现不远处卖黄瓜的那个大爷今天不在。

吃晚饭的时候媳妇告诉我，卖黄瓜的老大爷前一天凌晨在去菜场的路上被渣土车轧死了。

4

不知道你们上学的时候有没有过这样的经历，因为班上有个自己喜欢的人，哪怕再不喜欢念书，哪怕发烧感冒，也会自觉自愿、高高兴兴地去学校，因为那个人就是大妈所说的“盼头”。

已经立秋了，可天气还是这么热。我突然想到大妈那句话：再热也热不过初恋。

爱如烟火

爱像烟火，怎么热烈缤纷怎么来好了，至于绚烂过后的满地残屑，两个人手牵手一起收拾好了，多美好。

1

陈纪是我的初中校友，帅气而内向，长得像金城武，浑身上下散发着一种忧郁的气息。

忧郁是帅哥美女的专属用词，有加分的功效。而矮穷矬[①]没有忧郁的资格，文雅点儿说那叫自卑，直白地说就是一副苦逼样儿，直接负分，滚粗[②]。

陈纪虽然帅，但是学习成绩不是很好。他常说："上帝是公平的，当他为我关上一扇门的时候，夹到我的头了……"

① 网络流行词，指身材矮小、家庭贫穷、相貌不佳的人，多指男性。
② 网络用语，"滚出"的谐音，用于骂人或开玩笑。

我说："不要这么悲观嘛，成绩和智商是没有必然联系的。"

陈纪想了想，说："真的吗？"

我说："你猜。"

陈纪又想了想，说："你是安慰我的。"

我说："你看，你脑子不是蛮好的吗？"

陈纪的脸一下又忧郁了，说："我怎么总觉得哪里有点儿不对劲呢？"

我说："你忧郁起来的样子简直帅得一塌糊涂！"

陈纪的脸一下红了。

请脑补一下金城武害羞的样子吧。

说实话，陈纪的脑子的确不是很好用。

2

不知道从什么时候起，学校流行玩整人游戏。陈纪因为帅且脑子不好使，经常被班上长得丑的学霸们欺负。

学霸对陈纪说："你成绩不好，肯定脑子也不好。"

陈纪说："我也觉得。"

学霸一愣，发现剧情完全没有按照脑子里设定的那样走下去。他本以为陈纪会反驳，那样他就可以整陈纪了，可是陈纪一句话直接把剧本给end[①]了……

学霸干脆直接说："我们来玩个游戏，看看你的反应能力吧。"

陈纪想了想，说："好吧。"

学霸说："我给你讲个故事，但你要重复每句话的第一个字，不能停顿，一停顿你就输了。"

陈纪问："输了又怎么样呢？"

学霸说："说明你反应慢啊，说明你脑子不好用啊。"

陈纪一愣，说："本来就是呀。"

这时候四周已经开始有人偷笑了，笑的人原本是准备看陈纪笑话的，没想到学霸成了前菜。

学霸直奔主题，说："那我开始说故事了啊。"

陈纪点了点头。

学霸说："从前有座山。"

陈纪说："从。"

学霸说："山上有棵树。"

陈纪说："山。"

学霸说："树上有两只鸟。"

陈纪低声念："从……山……树……"

学霸说："快说快说。"

陈纪说："树。"

---

① 结束，终止。

学霸说："一只大鸟，一只小鸟。"

陈纪低声念："从……山……"

学霸说："不用连在一起，单独说。"

陈纪说："一。"

学霸说："大鸟问小鸟。"

陈纪说："大。"

学霸说："我是甩货[①]还是你是甩货？"

陈纪说："我！"

四周顿时哄笑起来，陈纪一脸疑惑地看着学霸，问："你们笑什么？"

学霸说："哈哈哈哈，我是甩货还是你是甩货啊？"

陈纪说："我啊，错了吗？"

学霸说："对对对，没错，哈哈哈哈。"

陈纪后来思考了整整一个下午，还是不知道学霸他们笑什么。

那个下午陈纪的脸一直很忧郁，帅得一塌糊涂。

临放学时，陈纪跑到我们班来找我，把这件事告诉我，寻求答案。

3

放学后，陈纪和汪涓一起打扫卫生。

① 南京话，指人笨或者不正经。

汪涓是留级生，长得一般，但胸很大。当然，人也好。

陈纪对汪涓说："我们来玩个游戏吧。"

汪涓问："什么游戏？"

陈纪说："我给你说个故事，你重复每句话的第一个字，要快，不能停顿，一停顿你就输了。"

汪涓问："输了又怎么样呢？"

陈纪想了想，说："输了就输了吧。"

汪涓说："哦，那开始吧。"

陈纪说："从前有座山。"

汪涓说："从。"

陈纪说："山上有棵树。"

汪涓说："山。"

陈纪说："树上有两只鸟。"

汪涓说："树。"

陈纪说："一只大鸟，一只小鸟。"

汪涓默念："从……山……"

陈纪说："不用连着说，单独说，不会害你的。"

汪涓说："一。"

陈纪说："大鸟对小鸟说。"

汪涓说："大。"

陈纪说："要不要做我的女朋友？"

汪涓说：“要。”

陈纪说：“说话算话！”

汪涓愣了一下，说：“说。”

陈纪问：“说什么？”

汪涓说：“说。”

陈纪一下忧郁了，他发现汪涓和自己一样，脑子也不太好用。

4

陈纪来找我寻求答案的时候，我告诉他这是个整人游戏。

陈纪问我：“这个一定要用来整人吗？”

我说：“那倒也不一定，也可以用来表白什么的。”

陈纪问：“怎么表白？”

我问：“你竟然有喜欢的人？”

陈纪红着脸说：“我喜欢汪涓。”

我说：“好，那我教你。”

教完陈纪，他说：“你脑子真好用！”

我说：“没你的脸好用。”

陈纪笑着说：“你又开玩笑。”

我笑了笑，没说话。

当时我的内心独白是：我哪有心情开玩笑啊！本来我就准备这样

对汪涓表白的呀。

忘了谁说过，机会只留给有准备的人。但这仅限于事业，不适用于爱情。爱情总是无声无息地悄然而至，人们毫无防备，也无须准备。谈恋爱不是找工作，没人愿意等你调整到最佳状态才和你在一起。爱像烟火，怎么热烈缤纷怎么来好了，至于绚烂过后的满地残屑，两个人手牵手一起收拾好了，多美好。

陈纪后来真的和汪涓在一起了，但和那个无聊的问答游戏无关。至于结局，更不是“王子和公主从此过上了幸福的生活”那么圆满。

这些事都是我后来才知道的，因为升到初三没多久，汪涓退学了，没多久，陈纪也主动办了退学。

5

前段时间校友会，我见到了汪涓。女人一旦结了婚，生了孩子，话题就变得单一了。汪涓不止一次提到自己的儿子有多帅多聪明。

我问：“帅是肯定的，但真的很聪明吗？”

汪涓说：“是啊，连续三年都是三好学生呢。”

我说：“这就是传说中的负负得正吧。”

汪涓一脸疑惑地看着我，显然是没明白我的意思。随后，她拿出钱包打开，里面有她儿子的照片。

我接过钱包看了看，说："哟，还真蛮帅的嘛，可惜不像陈纪。"

汪涓拿过钱包，说："我儿子为什么要像陈纪？"

我说："也对，儿子像妈……哎，可也不像你呀。"

汪涓想了想，说："哦，我懂了。你以为我和陈纪结婚啦？我们早就分啦，不过一直都是朋友。"

我点了点头，说："陈纪怎么还没来啊？"

汪涓说："在医院呢。"

我一愣，问："什么病？"

汪涓说："脑瘤。"

我想起陈纪说过的话："上帝是公平的，当他为我关上一扇门的时候，夹到我的头了……"

看来这下夹得不轻。

6

看到陈纪的时候，他已经瘦得有点儿脱相了，不过依然有金城武的感觉。

我和陈纪聊了一会儿，聊到了他和汪涓当年的事。

当年陈纪表白以后，汪涓并没有立刻答应。她成绩不是很好，所以有点儿自卑。她觉得陈纪对她表白是在和她开玩笑。

她问陈纪："你还会看不起我啊？"

陈纪说："不会呀，干吗动不动就看不起别人？你看得起的人，还不一定看得起你呢。"

汪涓问："我成绩不好，又比你大，我有什么好的？"

陈纪说："不知道，反正我看你顺眼。"

汪涓说："我可能就要退学了。我后老子（继父）不肯给我钱上学了，我妈又不敢说。我老子结婚生了个儿子，也不管我了。我干脆跟大头他们出去混好了。"

大头是我们学校附近的社会青年，以前也是我们学校毕业的。没考上高中，就跟着一个黑老大混，主要负责拉皮条和倒卖外国烟。

陈纪说："你要跟大头，我就跟着你。"

汪涓说："跟着大头就是当妓女哎，你无所谓啊？"

陈纪说："我当你保镖，谁敢碰你，我就干（揍）他！"

汪涓说："看你着急的呆样哦。"

陈纪脸一红，没话说了。

就这样，汪涓和陈纪做了一个暑假的小情侣。这件事，除了他俩，谁都不知道。

初三上学期的时候，汪涓毫无征兆就突然退学了，连陈纪都不知道。

陈纪以为汪涓真跑去做妓女了，就去她家找她。汪涓妈告诉陈纪，汪涓和表姐去深圳打工了。陈纪偷了家里的钱跑去深圳找汪涓。

到了深圳他才发现，电视剧都是鬼扯淡，在什么信息都没有的情况下，一个毛头小子想要找另一个毛丫头，简直是做梦。幸好陈纪爸爸是在铁路工作的，在陈纪几乎花光了两千元巨款后，他无奈之下跑到火车站管理处，把情况和值班员说了一下，又报出了他爸的名字。值班员向保安处汇报了情况，在证实陈纪说的都是实话后，帮他买了最近一班回南京的车票。

就这样，陈纪和汪涓的爱情故事结束了。陈纪在他爸的安排下当了列车员，而汪涓在深圳从一个服务员慢慢变成了女老板，后来找到了她的另一半，并且定居在了深圳。

陈纪说："当初我爸让我去铁路上班，我死活不愿意。可后来一想，也许有一天汪涓坐火车回南京，我能遇见她呢。一想到这点，我就同意了。这一干就是十年呀，没想到还真让我碰到汪涓了。只可惜那时候她已经大肚子了，呵呵。"

我问："那你会不会觉得白等了？"

陈纪说："不会呀，能再见就说明我们有缘分呀。汪涓说了，只要我还在铁路上干，她来南京就寡（只）坐火车，绝不坐飞机，嘿嘿。"

我点了点头，说："你们这对狗男女。"

陈纪说："也不知道我还能不能出院了。之前我问小护士，我这病多久能出院，小护士表面上说很快吧，可是我看她眼里有泪光。"

我说："她可能是金城武的粉丝吧。"

陈纪一头雾水，表情又变忧郁了，依然帅得一塌糊涂。

我看着他没再说话，鼻子发酸。

7

昨天收到汪涓的微信，她说过两天要来南京，问我要不要聚一下。

我回："随时恭候大姐头。要不要去车站候驾？"

汪涓回："要接就到机场，我以后回南京不会再坐火车了。"

红头巾老太太

有句话叫当局者迷，旁观者清。这话放到两个人的感情中来说，倒也未必。

1

太阳挂在天上，像是就要起锅的煎蛋。整个牛头村成了一个巨大无比的蒸笼。

天气本来就燥热，村长这会儿杀人的心都有了。

他被几个老太太围着，都能闻到她们嘴里的蒜味。

“俺不管。反正你要收俺家房子，行！先把俺埋了。反正俺也活够了。”张秀华看着村长，一脸看似无所谓的样子，但话里夹着刀子。

其他几个老太太也跟着张秀华一起闹，比鬼子的机枪扫射还利索。

“哎呀，你们……啧。”

“好了好了，都散了。这事改天再说。”村长边说边四处瞄，他想找个空子钻出去，跑开。

“别改天，改天也是一样。俺们不是和你商量，俺们是通知你，这事没门儿。”张秀华直接把村长的退路给堵死了。

“哎呀，张秀华啊，我的亲祖奶奶。你给我条活路成不？”村长看着张秀华，那张脸上满是汗。

“就这样了。俺就不信这么大的中国，还缺咱们这点儿地。”张秀华说完转身走开，摇摇晃晃像个鸭子似的。

2

张秀华，一个普通的农村老太太。前年刚死了老伴儿，现在是标准的孤寡老人。

为什么村长怕她？为什么这事大家找张秀华挑头？

因为张秀华是牛头村唯一戴红头巾的老太太。

牛头村自古有个规矩，凡是寡妇必须戴绿头巾，以表示对丈夫的忠贞。改嫁？那年头改嫁和卖淫是一个级别，得死。

可张秀华不一样，老伴儿死后，她就一直戴着红头巾。

起初大家猜她是不是因为老伴儿走了，眼睛哭出毛病，成了红绿色盲。为这事有人还去向村里一个读医的大学生求证。那个学生说理论上说不是没有可能，但这种概率非常低。于是有好事的人拿了一红一绿两个苹果，让张秀华选个好的。她想都没想就拿了红苹果，说："肯定这个好啊，那绿不拉唧的还没熟透呢。"

后来有人一琢磨，张秀华在家吆五喝六惯了，根本没把她老伴儿放在眼里。在那个男尊女卑的年代，张秀华这样的女人可算是了不得啊。

就从这件事开始，大家渐渐觉得张秀华是号人物。敢说敢做，关键是不怕死。于是，张秀华成了村里的意见领袖，村长都得让她三分。

可惜啊，张秀华再牛×，也斗不过老天爷。

冬末的时候，张秀华躺在床上不行了。

3

几个老姐妹轮流陪张秀华说话，不想让她走的时候太寂寞、太冷清。

吴老太对张秀华说："姐啊，你难过不？难过就哭吧。听说带着眼泪上路，下辈子会看不清道儿。"

刘老太拧了吴老太一下，就像她们年轻的时候那样，意思是埋怨她乱说话。

张秀华笑了笑："哭啥？俺高兴还来不及呢。俺为啥胆子这么大？俺是作死呢。俺想早点儿见到老头子。去晚了，难说又被牛二他娘勾搭走了呢。那老娘儿们可会来事儿了。”

牛二的娘和张秀华一样岁数，据说以前张秀华的老伴儿追过她，没追上。

第二天一早，天才刚刚亮，张秀华的小屋就被哭声填满了。那天连鸡都没打鸣，可能是怕把张秀华吵醒了会挨骂。

张秀华走了。脸上挂着笑，心里揣着只有她和老伴儿才知道的秘密。

那年村里要砍树建厂，张秀华带头去护林，争执中和人打了起来，老伴儿上前护她，被树枝伤了眼睛，万幸眼睛没瞎，可落下了红绿色盲的毛病。

这事村里没人知道，只有张秀华和老伴儿知道。

有一天，张秀华拿着一红一绿两个苹果逗老伴儿。老伴儿拿过红色的说：“这个好，那个还没熟呢。”

张秀华惊讶地说：“你不是分不清红绿吗？”

老伴儿说：“傻老娘儿们，俺分不清红绿，可分得出颜色深浅哪。”

老伴儿告诉张秀华，他以前有个亲戚就是红绿色盲，他听那个亲戚说过很多辨别红绿的方法，听得多了，自然也就知道了。老伴儿告诉张秀华，自己成色盲的事千万别泄露了，不然自己就没活儿干了。

张秀华的老伴儿是油漆工。

就在老伴儿临走的前一晚，张秀华问老伴儿：“俺现在咋好像也分不清红绿了？”

老伴儿说："那是因为俺要走了，可俺舍不得你，俺的魂儿往你身上飘呢。等俺走了，你就真的分不清红绿了。俺平时教你的都记住了吧？就是防着万一俺先走的。"

张秀华的眼泪唰一下掉下来了。这是她从结婚到现在第二次流眼泪。第一次是洞房那晚疼的。

老伴儿又说："俺逗你呢，你别真哭出毛病来了。你哪能真分不清红绿呀，都是你平时逗俺逗多了吧？别哭了，千万别哭。俺走了，你就是寡妇了。你得强，你不强别人就会欺负你，俺可舍不得。"

张秀华说："你舍不得就别死。"

老伴儿笑了笑："咱俩守了一辈子，也该俺做回主了吧，呵呵。"

张秀华还能说什么呢？

老伴儿走的第二天，张秀华就戴上了红头巾，她边扎头巾边对着镜子说："老头子啊，这头巾俺是戴给你看的啊。谁要敢多嘴，你就去谁家串门。"

张秀华临死的时候，村长来看过她。她只说了一句话："你要是动乡亲们的房子，俺就天天上你家串门去。"

4

有句话叫当局者迷，旁观者清。这话放到两个人的感情中来说，倒也未必。

一花一世界

嗯，囡囡会变成另一个人的世界，那个人的世界里只有囡囡一个人。

1

音乐开着，灯光微暖。

我噼里啪啦地敲打着键盘，忙得像狗。媳妇默不作声地看着小说，静得像鱼。

媳妇突然说："我挺喜欢'一花一世界'这句话的。"

我停下手，问："你不是基督徒吗？"

媳妇说："我喜欢这句话，是因为这是外婆对我说的。"

我说："所以说，其实你喜欢的不是这句话，而是你外婆。"

媳妇点头："嗯。"

我说："给我说说你外婆吧。"

媳妇说："要说的太多了，不知道从哪里说起。"

我说："那就先说说关于这句话的吧。"

媳妇想了想说："好吧。"

2

外婆对我说这句话的时候，我刚和外婆家的桌子差不多高。

那天中午外婆因为邻居笑我长得丑，和人拌了几句嘴，然后拉着我去小花园散心，换换心情。

外婆脾气很好，几乎没跟人红过脸，印象里也就这么一次，为了我。

在小花园里，外婆指着一株一串红说："囡囡，外婆请你吃好吃的，要不要？"

一听见"好吃的"三个字，吃货模式就自动开启了，我毫不犹豫地说："要！"

外婆准备摘下那株一串红，我看见花茎上爬着几只蚂蚁，很自然地伸出手要去捏。外婆赶紧抖了抖那株一串红，那几只蚂蚁掉在地上爬走了。

外婆摘下一串红，递到我手中，微笑着说："囡囡啊，这一朵花就是一个世界，虽然在我们看来很小，可它却是那些小蚂蚁的整个世界，这叫一花一世界。这些小蚂蚁就是这世界里的人，和我们一样，可不能捏哦。它们也会怕、会疼、会死的，可怜不啦？"

我盯着一串红点了点头，脑子里只想着外婆怎么还不给我吃呢？

外婆用手轻轻擦了擦一串红表面的浮灰，然后递到我嘴边，说：“来，轻轻抿一下就好。”

我小心翼翼地抿了抿嘴里的一串红，很清甜。味道虽然没有期待的那么好，但这种沁人心脾的清甜味从此深深地印在了我的脑海中，以至于所有与外婆有关的记忆都是甜的。

3

住在外婆家那段时间，每天晚上都是外婆陪我睡的。每次都是我平躺在外婆怀里，外婆侧对着我，一边说故事或者哼小调，一边用手轻轻摸我的肚子。

虽然这样的入睡方式让我很舒服，可我还是很好奇：为什么外婆要摸我的肚子？难道是因为习惯摸外公的肚子了？

我好奇地问外婆原因，外婆就告诉了我一个小秘密。

外婆说，在我出生以前，她收养过一只很可爱的小猫，这只小猫很听她的话，也非常黏她，而且有个很奇怪的习惯，要外婆摸着它的肚子才能睡着。后来，小猫渐渐长大了，也越来越好看了，可是不再像小时候那么黏着外婆了。终于有一天，小猫不辞而别，外婆找了整整一个下午也没找到。从那以后，外婆再也没见过那只小猫。之后一年的同一天，我出生了，所以外婆觉得我就是那只小猫变的。

我问外婆："那我长大也会越来越好看吗？"

外婆说："肯定呀，会有很多人喜欢我们囡囡的。"

我问："很多是多少？"

外婆说："就是很多很多咯。"

我问："那得有多好看呢？"

外婆说："和花儿一样好看。"

我突然想起下午那句"一花一世界"，问："那我也会变成一个世界吗？"

外婆被我逗笑了，说："嗯，囡囡会变成另一个人的世界，那个人的世界里只有囡囡一个人。"

我说："我才不要呢，我只要和外婆在一起。"

外婆说："等你长大了，就不会要外婆咯，就和那只小猫一样。"

我问："我会离开外婆吗？"

外婆说："问你呀，你舍得不？"

我说："舍不得。"

外婆搂着我，微笑着说："外婆也舍不得。"

4

上小学以后，我就没住在外婆家了，只能周末或者放假的时候去看外婆。

记得快上小学前搬回家那段时间，因为怕我不适应，所以是妈妈陪我睡的。我发现妈妈哄我睡觉也是和外婆一样的方式，一边说故事或者哼小调，一边摸我的肚子。

我问妈妈："你也知道小猫的故事呀？"

妈妈说："什么小猫的故事？"

我把外婆的小秘密告诉了妈妈，妈妈笑着点了点头说："哦哦，对的，是有这么回事。"

我问："那我真的是小猫变的吗？"

妈妈说："外婆说是那就是啦。"

我说："那我以后会变好看的对吧？"

妈妈说："嗯，肯定会的。不说话了，快睡吧，乖。"

第二天下午，我躺在地上，透过窗子看向天空，一边吃着棒棒糖，一边看着白云，渐渐地，白云变成了外婆微笑的脸，我仿佛听到外婆说："囡囡来外婆家吧，外婆想你了。"

醒来的时候，我发现自己趴在地上，没吃完的棒棒糖丢落在一边，四周爬满了蚂蚁。

看见蚂蚁，我回想起了那个下午，也想起了外婆，莫名地鼻酸起来，忍不住大哭。

爸爸听见我的哭声跑过来，以为我是被蚂蚁吓到了，拿起纸巾就要抓蚂蚁，我大哭着说："不要不要！蚂蚁也会痛会死的，一朵花一个世界呢，好可怜的。"

爸爸完全无法理解我的逻辑，只好把我抱出了房间。

晚上吃饭的时候，我对妈妈说：“我想外婆了。”

妈妈说：“等你放假就送你去外婆家吧。”我用力地点了点头。

5

转眼到了三年级的暑假，我住在外婆家过暑假。

白天外婆还像以前那样给我做好吃的，带我去小花园散步，偶尔和我数落两句外公的不是。我知道，那些仅仅是发发牢骚而已，外婆对外公有多好，我都看在眼里。

还记得那天晚上和外婆睡在一起，外婆没有像以前那样摸我的肚子。

我问：“外婆你怎么不摸我肚子啦？”

外婆说：“囡囡长大了，是大姑娘啦，肚子不好随便摸的。”

我说：“没关系的。”

外婆牵着我的手说：“不摸肚子了，牵着手吧，好吧？”

外婆手心里的温度让我觉得很踏实很安全。

我说：“外婆你要一直牵着我的手呀，好舒服的。”

外婆微笑着说：“嗯，你乖乖睡吧，有外婆在的。”

我点了点头，闭上了眼睛。

半梦半醒间我听见外婆说：“我们囡囡真的长大了，越来越好看了，真是看不够呀。囡囡啊，外婆也想一辈子牵着你的手呀，可外婆不能到哪里都带着你的，外婆舍不得你哦。”

我想和外婆说话，可意识已经很模糊了。

等我醒来的时候，外婆还没醒来，也没有牵着我的手。我去牵外婆的手，那份温暖已经不在了……

我后来才明白外婆那句“可外婆不能到哪里都带着你的，外婆舍不得你哦”的意思。外婆虽然舍不得，但还是放开了手，因为她知道她将要去哪里。

我脑海中又浮现出那个下午的对话。

我问：“我会离开外婆吗？”

外婆说：“问你呀，你舍得不？”

我说：“舍不得。”

外婆搂着我，微笑着说：“外婆也舍不得。”

很多年后的一天聊起外婆，妈妈才告诉我，其实外婆说的那个小猫的故事是假的。我从小肠胃不好，是个便秘王。对于小孩子来说，吃药和吃屎没什么区别，别指望会乖乖听话吃药。而用开塞露的话，外婆又觉得心疼，何况我是个小姑娘，总觉得不合适。所以外婆就用最费事的方法，每晚帮我揉肚子帮助消化。而之前妈妈因为明白外婆的苦心，所以没有戳破这个善意的谎言。

听完这件事的那晚，我梦见了外婆，她还和以前一样面带微笑，外公陪在她身边，同样慈眉善目。

外公在外婆过世一年后也过世了。妈妈说，外公放心不下外婆，所以急着去找她了。

我说："嗯，因为外婆是外公的世界，外公的世界里只有外婆一个人。"

6

媳妇去睡了，我还在工作。

随手查阅了一下一串红的资料：

花期：七到十月

栽培方法：盆景、庭院花圃

花礼用途：嫁接喜庆、升迁应试、爱情婚姻、生日祝寿、乔迁开店

花语：幸福美好、明日之星

我想，这也许是媳妇的外婆让她品一串红的另一个用意吧。

媳妇睡前问我："如果外婆还在，你会对她说什么？"

我说："外婆，您说得没错，您的外孙女就是我的全世界。放心吧，我会好好照顾她的。"

媳妇说："呸！"

再美也美不过想象
THE AMAZING BEAUTY OF IMAGINATION

Chapter 2 再冷也冷不过人心

生活不是小说，不可能总有大团圆的结局。这个道理谁都明白，但每个人又都期盼一切美好，我也不例外，写下这段文字是我唯一能为狗妹做的事了。

再冷也冷不过人心

养宠物和谈恋爱一样，都是需要勇气的。在这两件事上，永远都是开始时快乐有多少，结束时痛苦就会翻倍。

1

今天是Mani被我收养的四周年纪念日。她是一只可爱的串串，一个漂亮的小姑娘。

每次看见Mani，我都会想起小豆子。

小豆子是我收养的第一只狗狗，苏牧。

2

小豆子是老妈的朋友杨哥送的。因为他女朋友不喜欢狗。

第一次见到小豆子的时候，她趴在我家客厅的角落，背对着门。我打开门时以为是一件毛衣。当时我还奇怪角落里为什么有件毛衣，因为那时正值炎夏。

老妈从房间里出来，与此同时，小豆子转头看了我一眼，叹了口气，又背对着我趴下。

一看是狗，我整个人都兴奋了，赶紧跑到她面前，蹲下身仔细看她。

真心好看！特别是眼睛……

“哎！妈，她怎么在哭啊？”

“你脚太臭，靠她太近了。”

“玩笑归玩笑，”老妈说，“猫啊狗啊的很通人性，会读心术。小东西知道老杨不要她了，所以难过。”

我摸着小豆子的头问：“她叫什么名字啊？”

老妈说：“哎哟，忘了问了。”

我说：“无所谓，反正现在跟我们了，重新取一个吧。”

我说完站起身来回走，边走边叫各种名字，从最普通的“欢欢”开始，一直到我叫“小豆子”这个名字的时候，小豆子终于“汪”了一声。

我说：“哟！她喜欢这个名字！”

老妈说：“你个小炮子①，踩到她尾巴了！”

虽然是个误会，但最终还是用了“小豆子”这个名字。

① 南京方言，指贪玩淘气的小孩儿。

3

小豆子来的第二天，我就发现她有个很好的习惯，就算憋死也不在家里随地大小便。

那天早上我还没起床，听见她在客厅里 呜呜叫唤。我以为她又思念杨哥了，起床去看她。

小豆子见我出来，走到门边，抬起一只小爪子拍门。拍几下，看看我，再拍几下，又看看我。我不知道她要表达什么，打开了门，她一下子冲了出去。我赶紧跟上。她跑到一个墙角停下，一大摊尿在她身下渐渐散开，目测半瓶啤酒的量，一点儿都不夸张。

尿完她回头看了看我，和我对视数秒后，突然一个转身绝尘而去。

我一边叫她的名字一边追，一直追到大马路上。托车流的福，我总算抓住了她。因为还没有准备狗绳，所以我只能抱着她走回家。到家门口才发现，因为走得太急，忘了带钥匙，于是只好又抱着她去我家饭店。幸好，饭店距离我家只有十分钟的路程。

其实很多时候我们只会就事论事，而忽略了事件背后隐藏的玄机或者说暗示，比如小豆子这次的举动。她跑是想去找杨哥，这表明了她对主人的忠诚与执着。这点我意识到了，但我没意识到现在我是她的主人了。等我们彼此熟悉了，如果有一天我也不得不把她送走，她也会一样发了疯似的来找我。

中饭过后我买了狗绳和狗食盆，回来的时候，店里的服务员都在逗她玩，只有兰姐站在一边看着。

我问兰姐：“你怕狗啊？”

兰姐摇了摇头，说：“倒也不是，不过小猫小狗的在我们老家叫断肠货，少接触的好。”兰姐说到这里顿了一下，然后又说：“对了，你还谈朋友啦？”

我摇了摇头。

兰姐说：“那你要做好准备了，养宠物和谈恋爱一样，都是需要勇气的。在这两件事上，永远都是开始时快乐有多少，结束时痛苦就会翻倍。还懂啊？”

我似懂非懂地点了点头。

之后一人一狗、一前一后往家走。

到了家，小豆子喝了几口水，之后又趴在地上，叹了口气。我席地而坐，看着她，说了一堆话，感觉就像在劝慰一个失恋的人。

人对狗说话看起来挺白痴的，但养过狗的人都知道，它们真的能明白你的意思。

相处了大约一个月，从小豆子企图出逃的频率来判断，她应该是接受我这个新主人了。

她开始习惯在我玩电脑的时候趴在我脚边；她开始习惯每天早晨坐在我床头的地上，不声不响地等我醒来；她开始习惯入睡时让我摸着她的头；她开始习惯每天晚饭后把狗绳叼到我面前，一脸期待地看着我，等着我带她出去散步。

很多时候，习惯是属于双方的，她习惯了有我，我也习惯了有她。

我出去的时候，她会思念我，但她不会打电话，不会给传呼机留言，憋了一肚子的话想说，唯有在我进门的那一瞬，飞奔过来不停地摇着尾巴，用眼神告诉我："怎么才回来呀！想死你了，汪！"

而在那段时间里，我无论在哪里，在做什么，心里也总是惦记着她，以至于那段时间老师怀疑我恋爱了。

关于我和小豆子之间的趣事，我可以说很多很多，说到您睡着。但我还是选择不说，以免您也爱上这个懂事的小家伙。往后看您就会知道，我这么做完全是出于善意。

4

春节前的某天晚上，老妈回来和我说，派出所的李叔想借小豆子去他家待一个晚上，说是家里的门锁坏了。临近春节，怕晚上有小偷，他想让小豆子帮着看个门，他人就在楼下等着。我虽然舍不得，还是答应了。

我一边帮小豆子拴狗绳一边告诉她，不是不要她了，只是让她出个小差，我明天一早就去接她。小豆子看着我，一声不吭，乖乖地配合我套上了狗绳，然后跟着我下楼，被李叔牵走了。小豆子走几步就回头看看我，我就一直站在原地看着她，直到我们消失在对方的视线中，我才若有所失地上楼回家。

那一夜我醒了好几次，总觉得时间过得太慢，满脑子都是小豆子，甚至冒出了一个可怕的想法，寒冬很多人有吃狗肉进补的习惯！想到这里，我拍了拍自己的脸告诉自己："傻×，那是李叔，不是李大嘴（《绝代双骄》里的那个）。"

于是，我强迫自己去想一些美好的场景，比如春暖花开的时候，带着她去植物园的草地上撒泼打滚；等到夏天，就带她去玄武湖围着湖跑到湿透全身；当秋天枫叶红了的时候，带她去栖霞山转转，让她知道有一种人类叫和尚；在大雪纷飞的寒冬，我们一起趴在窗台上，看着路上的行人冻手冻脚的样子，一个"哈哈哈"傻笑，一个"汪汪汪"傻叫。

就这样不知不觉睡着了。等到醒来的时候，小豆子坐在我床头的地上看着我。看见她那一瞬间的心情，就好像孩子看见最满意的礼物一样，觉得这个世界美好到了极点！

正如我之前所说，李叔借狗这件事只让我体会到了我有多爱小豆子，但我忽略了这件事背后所隐藏的信息：家里的门锁坏了，竟然找不到人来修，连个愿意陪他住一晚的朋友都没有，只能借狗，这人品得次成什么样啊？

5

转眼春暖花开，我如愿带着小豆子去了植物园。一人一狗整整疯了一下午，俩都累成了狗。

之后小豆子又陪着我熬过了高三的冲刺阶段，我终于迎来了期盼已久的暑假，一个没有任何精神负担的暑假。可惜我还没来得及带她去玄武湖疯跑，整个区就掀起了打狗风。

李叔常去我家饭店吃饭，所以他提前通知老妈，要看好小豆子。说到小豆子，他还提起之前借小豆子那晚，家里真的差点儿进贼，多亏小豆子大叫吓跑了贼，也叫醒了他。他说："这次也算是报个恩吧。这么好的小狗要是被打死了，那真是作孽了。"

那段时间我刚巧约了朋友要去外地玩几天，老妈也有事要去外地，所以就想着先把小豆子送回杨哥家待几天。可没想到杨哥怎么都联系不上，店里的配菜师傅说我们可以把小豆子放到他郊区的亲戚家养几天。他亲戚家里原本就养着狗，肯定不会亏待小豆子。我和老妈一合计，也只能如此了。

配菜师傅的亲戚来接小豆子的时候，我已经出发了。临出门前小豆子还在睡，听到我的声音，一下子起身看着我。见我要开门，就赶紧跑去拿狗绳。我摸着她的头告诉她，我要出去几天，今天会有人来接她，等过几天我回来就去接她。小豆子松开嘴里的狗绳，对着我"汪"了一声，然后趴下看着我，叹了口气。我笑着抱了抱她，亲了下她的头，然后出门了。

几天后的晚上，我回到家里。老妈早我一天到家。和老妈聊了会儿天后，我说："明天把小豆子接回来吧。"老妈没接话，但很快眼睛就红了，说："我告诉你一件事哦，小豆子……""被打死了"这几个字老妈是哽咽着说的。

一瞬间我眼前所有的东西都只是形状而已，感觉大脑不运转了。胸口被一股气顶着，想吐，想大口呼吸，可大脑完全发不出张嘴的指令，整个人傻了。大约一分钟之后，大脑突然发出指令，我猛地站起身往厨房冲去，嘴里喊着："操你妈！"

这是我第一次在老妈面前爆粗口。

老妈一把拉住我，什么也没说，只有哽咽声。我挣扎了几下后，站着不动了。我没哭，虽然是双鱼座，但我的泪点有些畸形。

老妈调整了一下情绪，说："你也不小了，做事要考虑后果。他们不如畜生，你不能不如他们。你现在冲到派出所最多二十分钟，但之后你会在里面待多少个二十分钟我就不知道了。"

我感觉全身就像被抽空了一样，什么都没说，走回自己的房间，鞋子都没脱就躺在了床上。我已经忘记那晚我是怎么睡着的了。

第二天中午到饭店吃饭，兰姐告诉了我事情的经过。

送走小豆子的第三天下午，小豆子就跑回来了。因为前几天下过阵雨，所以她全身脏兮兮的。眼看就要跑到饭店门口了，遇上了打狗队，带头的就是李叔。因为认识李叔，小豆子没有跑，被打狗队抓住了。之后小豆子挣扎，被几个人用带钉子的木棍给敲死了。兰姐说，小豆子应该是先回过家，没等到我们才跑到饭店来的。之后对门邻居证实，小豆子的确回来过，在门口坐了一会儿，还用小爪子拍过门。邻居曾让小豆子去他家待一会儿，小豆子没进去，因为通常雨天外出回来，我都会先把她的小爪子擦干净才让她进门。她只在家门口坐了一会儿，就跑去饭店了。

当听到是李叔带队的时候，我打了个冷战。这句话远胜过我看过的任何一部恐怖片。

天冷不算冷，心寒才是寒！

几天后的一个晚上，我去店里吃晚饭。兰姐告诉我李叔和老妈在包间里，我二话不说走进包间。李叔看我进来表情有些尴尬，老妈说："李叔是为小豆子的事来的。你先坐下来，听李叔说。"

我瞪着李叔，全身一直在发抖，两手握成拳头，不知道什么时候就会失控。

李叔说："打狗带队的是我，我不赖，但带队不表示我说了算。"说到这里李叔苦笑了一下："呵呵，你别看我打狗，我还不如狗呢。狗在老百姓眼里是条性命，在领导眼里是任务，是业绩，是没有生命的。我们才是狗。当时打狗队一共七个人，除了我和一个负责监察的领导，其他几个全他妈是雇来的痞子！狗在他们眼里就是钱！一条五十到两百。你以为我不心疼小豆子啊？我当时就和领导说，这条不是野狗，是这家饭店的，我认识。领导说什么啊？领导说：'你认识关我鸟事啊？是不是野狗我说了算！'这话你让我怎么接？我老家还有老婆、儿子要养。你让我怎么选？你以为我这身皮好披啊？”

李叔说到这里眼睛红了，说：“我今天来就是办几件事。第一，把之前欠的账结清；第二，把这件事和你们说清楚；第三，那些被打死的狗都拖去卖给屠宰场了，但是小豆子我死活没让他们拉走，带到中山陵埋了。就因为这件事，领导发火了，过几天我就要调到郊区了，这也算是报应吧。你要是还不满意，李叔随你怎么办，二话没有。”

随我怎么办？呵，我能怎么办？我什么都没说，起身走出包间，轻轻带上了门。

原来李叔不是人品次，而是在同事和领导眼里，他只不过是一只狗。

晚上躺在床上，我一边听着歌，一边回想着和小豆子相处的那段时光。当听到张学友的《相信她，关心她》时，我突然明白了兰姐说过的话：

“养宠物和谈恋爱一样，都是需要勇气的。在这两件事上，永远都是开始时快乐有多少，结束时痛苦就会翻倍。”

我泪如雨下。

我问老妈：“狗狗也有轮回吗？”

老妈说：“有！”

6

2009年9月11日。雨。

我出门买烟，在小区的车棚里遇见一只小流浪狗。我停下脚步看着她，她也看着我，然后就屁颠屁颠地跟着我回家了。

在确定她是个小姑娘后，我给她取名Mani。对此她似乎没有任何意见。

我询问懂狗的朋友，Mani是什么品种。朋友说，应该是苏牧和土狗的串串。

当听到“苏牧”这个词时，我愣了一下，从心底升起一种很奇妙的感觉。

之后我发现Mani就算憋死也不会在家里大小便，这些我从来没有教过她。这再次给了我那种很奇妙的感觉。

有一天晚上，Mani蜷缩在角落里，突然叹了口气。这一声叹气一下子勾起了我对小豆子所有的回忆。

我走到Mani面前说：“Mani，你告诉我，你们狗狗也有轮回吗？”

Mani说：“汪！”

老妈说：“你个小炮子，踩到她尾巴了！”

有些事是不可以开玩笑的

答应我，宝贝，有些事是不可以开玩笑的，比如喜欢一个人这件事。

1

小兔收到一条短信：我不喜欢你了。再见。不再喜欢你的小熊。

小兔红着眼睛把手机递到妈妈眼前，说："妈妈你看，小熊不喜欢我了。"

妈妈摸了摸小兔的头，说："傻孩子，今天是愚人节。"

小兔的脸上立刻恢复了笑容，说："小熊这个坏家伙，嘿嘿。"

妈妈问："那么你现在准备怎么做呢？"

小兔摆了摆毛茸茸的耳朵，说："我也要捉弄他一下。"

妈妈微笑着点头，说："好的。"

小兔给小熊发了一条短信：真巧，我也不喜欢你了。再见。也不再喜欢你的小兔。

发完短信后，小兔蹦蹦跳跳地继续去做胡萝卜派了。

小兔善良而单纯，她的心里只有小熊，以至于忽略了很多事情，比如，小熊现在所在的地方，其实已经是4月2日了。

也就是说，这并不是一个玩笑。

兔妈妈用她的方式，帮自己的女儿保留住了该有的尊严。

2

到了新森林后，小熊渐渐发现，原来这世界上还有小狐狸的存在，而她似乎比小兔更适合自己。

小熊觉得自己不再喜欢小兔了，可是又怕自己笨拙的样子会被小狐狸嫌弃。

于是，他特意选择了在4月2日给小兔发分手短信。

他知道小兔收到短信的时候是4月1日。

这样一来，万一自己追求小狐狸失败了，还可以用开玩笑做借口，重新和小兔在一起。

令小熊意外的是，小兔竟然回复了几乎和他相同的内容。

这下，小熊反倒有些紧张了。他突然分不清小兔的回复到底是开玩笑，还是真话。

小熊的计划被打乱了，他追求小狐狸的时候，不知道为什么，总会想起小兔回复的短信。因此，他经常说错话、做错事，整个人显得越来越笨拙。

最终，小熊还是被小狐狸嫌弃了。他决定回到小兔身边。

于是，他又给小兔发了条短信。

3

小兔收到一条短信：我还是喜欢你的。上次只是愚人节的玩笑。喜欢你的小熊。

小兔把手机递到妈妈眼前，说："妈妈你说得没错，小熊真是开玩笑的。"

妈妈摸了摸小兔的头："有些事是不可以开玩笑的哦，比如喜欢一个人这件事。"

小兔不解地问妈妈："为什么呢？"

妈妈微笑着说："你会不顾小熊的感受，主动和他开玩笑说'我不喜欢你了'这样的话吗？"

小兔想了想，摇了摇头说："我舍不得，他会难过的。"

妈妈点了点头说："对呀，可是为什么他舍得让你难过呢？"

小兔看着妈妈，眼睛微微发红。

妈妈摸了摸小兔的头说：“别难过，我的宝贝。当初你回短信的时候，小熊回复你了吗？”

小兔摇了摇头，低声说：“没有。”

妈妈说：“所以你看，我的宝贝，你不喜欢小熊了，他一点儿也不难过。那么他不喜欢你了，你为什么要难过呢？”

小兔想了想，点了点头说：“我明白了，妈妈。”

妈妈微笑着说：“答应我，宝贝，有些事是不可以开玩笑的，比如喜欢一个人这件事。”

小兔用力地点了点头，给小熊发了条短信：我不喜欢你了。再见。不再喜欢你的小兔。

狗妹

幼儿园里的事，我记得的不是很多，但大部分记忆都和狗妹有关，因为她的乐观。当然，我那时候还不懂什么是乐观，我只是喜欢脸上始终带着笑容的人，比如狗妹。

电视里提到一个名字——狗妹，这让我想起了上幼儿园时的一个同学。叫同学也许有点儿怪怪的，反正就这个意思。

谁都见过小孩子学骑马的样子，和鸟叔[①]的骑马舞姿势略有不同，两只手也是一前一后，做拉缰绳状，但并不是搭在一起的。如果你看见有人用这样的方式行进，一定会觉得很可笑，可我笑不出来，我只会想到一个名字：狗妹。

① 即朴载相，韩国著名Hip Hop歌手，其《江南Style》曾在世界范围内引起轰动。

狗妹是个女孩，她还有个妹妹，叫萍萍。两人相差一岁，却都和我在同一个班里。狗妹有小儿麻痹症，而且还有轻度弱智，据说是一岁左右时一场高烧引起的。她家里并不富裕，原本就重男轻女的狗妹她爸准备悄悄地把她扔了，还好狗妹奶奶发现得早，从垃圾箱里把她捡了回来。到这个时候，别说是大名，狗妹连个乳名都没有。

狗妹爷爷说：“取个贱名好养活，没准儿一下就好了呢。”

就这样，狗妹有了现在这个名字。

之后狗妹她爸的工友告诉他，以狗妹这样的情况，可以向政府申请生二胎。于是，狗妹她爸提交了申请。等申请通过拿到指标的时候，狗妹她爸看着红色印章，就像看见了红彤彤的太阳，太阳里有个肉乎乎的白胖儿子对着他笑。

可惜事与愿违，萍萍出生了。一个健康活泼的女孩。

萍萍出生一个月后，狗妹她爸就带着家当和当年那场雪一起从人间蒸发了。

所幸狗妹的爷爷奶奶是一对善良的人，他们接过了儿子本该挑起的担子，带着儿媳妇一起照料两个可怜的孩子。

很多人都很同情狗妹一家的遭遇，其中也包括我所在的幼儿园的张园长。她主动提出让狗妹和萍萍来自己的幼儿园，所有的费用由她承担。狗妹因为智商的关系和妹妹萍萍分到了同一个班，也就是我所在的那个班。

幼儿园里的事，我记得的不是很多，但大部分记忆都和狗妹有关，因为她的乐观。当然，我那时候还不懂什么是乐观，我只是喜欢脸上始终带着笑容的人，比如狗妹。

狗妹手脚不方便，说话也不是很清楚，只能几个字几个字地往外吐，而中间通常会漏掉一些连接词。比如“我想吃那块饼干”，她说出来就是“我……饼干……吃”。那时候，听得懂狗妹的话的，只有园长、老师、萍萍和我。

还记得第一次见到狗妹的时候，她正在院子里和小朋友们玩耍，我以为她是在学骑马，所以就很自然地跟着学，想和他们一起玩。没想到萍萍过来推了我一下，然后红着眼睛对我说：“坏人。”说完她自己就哭了。我也哭了。狗妹一蹦一跳地来到我面前，笑眯眯地伸出手想要拉我，萍萍却拉着狗妹的手跑开了。

后来我才知道，狗妹那样不是在玩，是有病。萍萍以为我学狗妹是嘲笑她，所以推我。之前有过小孩子这样嘲笑狗妹，所以在萍萍眼里，学狗妹的孩子肯定是坏人。说实话，我当时并不生萍萍的气，只是觉得她很凶，有点儿怕她……很㞞吧？

幼儿时期的回忆总是这样，你好像记得很多，可要你具体说出几件事来，又似乎什么都记不起来了。

我对狗妹的记忆很多，但能表述出来的只有她每天笑眯眯的样子，我几乎没见过她对谁发火，也没见过她哭。只记得有一次萍萍摔跤把头蹭破了，狗妹哭得比萍萍还厉害。我看着狗妹哭，不知道为什么也跟着哭了，之后其他的小朋友也都跟着哭了起来。等老师来的时候，唯一没哭的倒是萍萍……

幼儿园毕业以后，我就再没有狗妹和萍萍的消息了。直到2005年，我意外得知了姐妹俩的消息。

萍萍上了普通的小学、中学、职高，之后就职于一家广告公司，和一个情投意合的同事结了婚，生了个可爱的女儿。

而狗妹幼儿园毕业后去了特殊学校，那所学校的招收对象从六岁到十八岁不等，在那里可以学习一些基本的生活技能和简单的谋生手段。

有一次学校组织外出郊游，狗妹为救一个落水的孩子，自己差点儿被淹死。说来也巧，这个孩子的父亲是个医生。在得知狗妹的遭遇后，出于对狗妹的感恩，这位父亲联系了自己的老师，一位对智障治疗与智力恢复颇有研究的名医，为狗妹做了一系列的治疗，狗妹的智力基本达到正常。而之后，狗妹也找到了自己的另一半。在得知非先天性小儿麻痹症是不会遗传的后，狗妹也做了妈妈，有了个健康活泼的儿子。

…………

如果这一切是真的，那该多好呀。

生活不是小说，不可能总有大团圆的结局。这个道理谁都明白，但每个人又都期盼一切美好，我也不例外，写下这段文字是我唯一能为狗妹做的事了。

事实上，狗妹已经不在了。她爸出去几年后又回来了，并带回来了一个人，说是自己的朋友，而那个“朋友”其实是个人贩子。狗妹被她爸用很低的价格卖给了人贩子，用来在街头乞讨。这件事很快就被狗妹妈发现了，她报了警。当警察找到那个人贩子的时候，人贩子告诉警察，狗妹被他买回去没两天就跑了，之后被人发现淹死在了一个小池塘里……

我也不知道为什么要给狗妹设定一个圆满的结局，也许是因为再也找不到那样纯真无邪的笑脸了吧。

生活在于折腾

生活远比影视或者小说精彩，只要你肯花时间去折腾。

晚上和朋友B君吃饭，听了件有意思的事。

事情的主角，我们叫她A太吧。

某天晚上，A太的老公A先生的手机响了，是条短信。

当时A先生正在洗澡，就让A太替他看。

短信内容如下：

“老爸，我昨天喝多了，被同学怂恿找了小姐，还去龙珠宾馆开了房，被警察抓了。现在不让打电话，你先把罚款汇到吴警官的卡里，卡号是955880432100220889×。一切等我回来再说。”

A太一看就知道是诈骗短信，也没说什么，直接就给删了。A先生洗澡出来问谁发来的短信，A太说是诈骗短信，还把内容复述了一遍给A先生听。A先生笑着说："现在的骗子太傻×了。"

这事就这么过去了。

没过几天，在差不多的时间，A先生又收到了类似的短信，内容几乎一样，只是更换了"被抓"的地点和卡号。A先生看完就随手删了，A太自然也没多想。

但渐渐地，可能是出于女人的直觉，A太觉得有点儿不对劲，因为这个诈骗短信发来的频率越来越高了。于是她留了个心眼儿，记下了那个号码，然后找了个公用电话打过去，是个女的接的。

A太当时就有种不好的预感，但她什么都没说，开始留意短信的内容，并把内容悄悄地记下来，然后找到了我这个朋友B君。

B君是写推理小说的，一直渴望有机会实战，这次有了机会，自然不放过。他把短信一条条比对，发现每次的账号开头都一样，都是95588043，而结尾也一样，是89×，唯一不同的是中间的数字。他首先做了个假设：如果A先生真的有外遇的话，那么这些短信有可能就是与情人约会用的暗语。约会的地点就是短信中提到的宾馆，剩下的就是时间和房间号了。想到这里，B君又仔细地研究了这几个数字，恍然大悟，中间那些数字就是时间和房间号！

后来A太回忆了一下，的确每次收到短信的第二天，A先生就会加班或者出去应酬。A太按兵不动。再次收到“诈骗短信”的第二天，A太根据短信上的地点、时间和房间号，果然把A先生捉奸在床！

你看，生活远比影视剧或者小说精彩，只要你肯花时间去折腾。

再美也美不过想象
THE AMAZING BEAUTY OF IMAGINATION

Chapter 3

再长也长不过等待

你们若相爱，彼此就该是鲜活的，就算死了也是鲜活的。你们彼此活在对方的任何时间与空间里，无论睡着还是醒着。你们若不相爱了，彼此就该是死去的，就算活着也是死去的。你们彼此被埋进对方的回忆中，只需要偶尔拿出来缅怀一下就好，别再有爱的期待。一辈子能有多长？再长也长不过等待。

再长也长不过等待

一辈子能有多长？再长也长不过等待。

1

一分钟有多长？这要看你是蹲在厕所里，还是等在厕所外。

这是黎阳最喜欢的一句话。

黎阳是我的高中同学，一直玩到现在的死党。

他曾经没什么存在感，就像《西游记》里的白龙马。所有人都只说唐僧师徒四人，唯独忘了一直被唐僧骑着的白龙马。

后来突然有一天，黎阳开始自带光环，成了一个牛×闪闪的人。

因为，他会做一百种不同风味的方便面。

2

高中毕业后，大家各奔东西，很少联系。一晃工作快一年了，我突然接到黎阳的电话。

黎阳说："晚上有空啊？我要搬家，过来帮忙。"

我问："有什么好处？"

他说："我下面给你吃。"

我说："滚！"

然后黎阳直接告诉我新房子的地点和搬家的时间，挂掉了电话。

你看，死党和朋友的区别就是这样，哪怕一万年没有联系，接上头的那一瞬也不会有客气的寒暄，直奔主题，干净利落。

3

搬家是体力活儿，东忙西忙累成狗，一抬眼快九点了。

我问："你为什么要把钟挂在大门上面？"

黎阳说："我每天只有出门和进门时才会看钟，一般情况下看手机。"

我点了点头，说："走，出去吃东西，来的时候看到楼下有家烧烤店。”

黎阳说：“不用了，我下面给你吃。”

我说：“卧槽！你还能再小气一点儿吗？信不信我拔根腿毛勒死你？”

黎阳说：“我会做一百种不同风味的方便面呢。”

我说：“那又怎么样？我他妈都饿成纸了！”

黎阳抬头看了看墙上的钟，说：“给我二十三分钟，保证你不后悔。再说，楼下那家排队你没看见？下去一样是等，也许等的时间更长。”

我想想也对，但我不明白为什么是二十三分钟。

黎阳转身走进厨房，我下意识抬头看了看钟，八点五十七分。

我接好电视，边看边等。

4

电视里正在播放美食节目，很巧，是关于面条的。

画外音说，2010年10月，在意大利梅尔菲举办的板栗节中，大厨们用近一百三十公斤的板栗粉制成世界上最长的意大利面，长约百米。

我自言自语：“这不算长，听说2005年的时候，西安两位面点师傅用半小时就拉出一根长达一百五十米的面条。”

说完这句话，突然觉得哪里有点儿不对，菊花[①]不自觉地一紧。

黎阳说："这也不算长。"

我转身看去，黎阳端着两碗面走了出来。

我下意识抬头看了看钟，九点二十分！

黎阳也看了看钟，没说话，也没有表情。

两碗面，一碗三文火腿炒面，配料是火腿片、杏鲍菇和胡萝卜；一碗港式餐蛋面，配料是煎蛋、火腿片和生菜。

黎阳让我选，我选了三文火腿炒面，因为我喜欢吃杏鲍菇。

我们边吃面边看电视，电视里还在说面条。

我说："你刚说一百五十米的面条不算长？那最长的面条有多长？"

黎阳吃了口面条，说："再长也长不过等待。"

我一口面喷出，黎阳迅速地躲开，然后看着掉在桌上的一块杏鲍菇说："杏鲍菇的离开，是桌子的追求，还是你的不挽留？"

我说："你吃个面要不要这样？"

黎阳说："你不懂。"

我说："看来你现在是个有故事的人。"

他说："不，我是个有事故的人。"

我问："什么事故？"

他说："感情方面的。"

说完这句，黎阳吃掉了剩下的面，抬头看了看钟，没有表情。

① 网络流行词，指肛门。

5

从帮忙搬家开始，我和黎阳的接触渐渐频繁了起来，但印象中几乎都和面条有关系。

第一次去找他，他正在楼下面馆和老板争执。

面馆老板胖嘟嘟黑乎乎的，看起来就像《植物大战僵尸》里的坚果墙。他指着黎阳说："你不要在这边二五郎当①的，我下面下了几十年，要你在这边指手画脚啊？吃就吃，不吃死走！"

黎阳说："下面时间长不表示你厉害，也不表示你技术好，更不表示你是对的。"

我想笑，但不好意思笑，倒是边上一个吃面的姑娘红着脸跑出去了，之后听到一阵杀鸭子一样的狂笑。

我把黎阳拉走，没有让事态恶化。

到了黎阳家，我问："你和老板吵什么？"

黎阳说："他面条过水的时间太长了，不对头。"

我说："有人喜欢吃软点儿的面，有人喜欢吃呛（硬）点儿的，老板也是因人而异吧。"

他说："可我说了要呛点儿的，他过水多过了差不多一分钟呢。"

我说："你够了！一分钟你也争？"

① 南京话，骂人神经病，脑子少根筋。

他说："假设你憋尿憋得蛋都要爆了，我让你在厕所门口多等一分钟，不长，就一分钟，算不算多？你能不能忍？"

我说："不能忍。"

黎阳说："所以你看，我也不能忍。"

我说："尼玛[1]，两回事！"

黎阳说："不，是一回事，你不懂。"

我说："那你倒是说说看。"

黎阳说："好。"

6

黎阳大学时交了第一个女朋友，叫葛娜。

葛娜是班花，黎阳是油渣，他们既不属于同一个物种，也不在一个档次上。一个适合放在窗台上，而另一个只会放在灶台上。没有人会想到他们能走到一起，当他们真的在一起后，周围的人又开始预测他们多久会分手。因为相比相貌上的差距，空间上的距离是更大的问题。黎阳是本地人，而葛娜来自四川，毕业之后的就业选择是很多大学情侣的死亡线。

毕业前一天，黎阳约葛娜吃饭。

① 网络用语，"你妈"的谐音，一种极为委婉的表达轻微怒气的语气词，现多为口头禅或玩笑词。

黎阳问："娜娜，你毕业后有什么打算？"

葛娜笑着说："你猜。"

黎阳说："不用猜了，你到哪里，我就到哪里。"

葛娜说："真的？"

黎阳点了点头。

葛娜问："你舍得家人吗？"

黎阳说："其实也没那么夸张，又不是走了就不回来了。我想过了，如果……"

黎阳还没说完，葛娜就笑了起来，说："猪头，看你一本正经的样子，搞得像在答辩。"

黎阳红着脸说："这比答辩重要多了。"

葛娜笑了笑，从包里拿出一张纸递给黎阳。黎阳接过来一看，是报纸上出租房的广告角，其中一条出租信息被一个红色的心圈着。

黎阳抬头看向葛娜，葛娜也正托着下巴看着他。

两人相视一笑，黎阳感觉全身的血液就像眼前火锅里的汤，咕嘟，咕嘟，咕嘟。

7

黎阳晚上回到宿舍，把这件事告诉了关系不错的同学甲。

同学甲说："你要小心了。"

黎阳一头雾水，问："小心什么？"

同学甲说："还记得李连杰版的《倚天屠龙记》里面，殷素素对张无忌说的话吗？她说，女人的话不能信，特别是漂亮的女人，更不能信。"

黎阳还是不明白同学甲的意思，看着他没接话。

同学甲又说："你看，大家现在忙毕业设计忙得跟狗一样，葛娜不但不忙，还有时间来选房子，说明她比你有主见有头脑多了，做事情有条不紊。你呢？你要什么没什么，就连对未来的考虑也不如葛娜想得周全，你说你是不是要小心了？"

黎阳一下子愣住了，他觉得同学甲的话有点儿道理。但是他不知道，那部电影里还有一句台词：不光漂亮的女人不能信，就连貌似忠厚的男人也不能信。

他更不知道，同学甲这个貌似忠厚的男人，在他和葛娜交往后就参与了一个赌局，赌局的内容是黎阳和葛娜多久分手。同学甲当时押了一百块在"三个月"这个期限上，用意不言自明。

那天晚上，黎阳失眠了，他越想越觉得同学甲的话有道理，自己的确要好好努力才行。

8

毕业之后，按照原定计划，黎阳和葛娜住在了一起，过上了准夫妻生活，俗称同居。

两人搬进出租屋那晚，也是折腾到快九点才基本收拾停当。

黎阳说：“娜娜，你饿坏了吧？我们先出去吃点儿东西吧，剩下的零碎回来再收拾。”

葛娜说：“不用出去吃，我去下面，很快的。”

黎阳问：“不吃面行不行？”

葛娜说：“你不喜欢吃吗？我下的面可好吃了，保证你吃一次就上瘾。”

黎阳有些尴尬地说：“我……不能吃面。”

葛娜一脸好奇地问：“啊？不能吃？为什么啊？”

黎阳告诉葛娜，其实他小时候还挺喜欢吃面的，有一次，他边吃面边看《米老鼠与唐老鸭》，看到一处让他爆笑的地方时，一口面从嘴巴和鼻子里同时喷了出来。于是，他下意识地用力吸了下鼻子，面条穿过鼻孔回到了嘴里，结果他吐得一塌糊涂，那个味道从此在他幼小的心灵里刻下了深深的烙印，挥之不去。

葛娜听完大笑：“哈哈哈，猪头，真猪头！你说，你是不是猪头？”

黎阳憨笑着说：“傻人有傻福嘛，不然怎么能追到你。”

葛娜笑着说：“好吧，今天不吃面了，我们出去吃。不过你这个毛病我一定要帮你调整过来。”

黎阳点头说：“嗯！必须调整过来，不然就吃不上你做的面了。”

葛娜说："乖。"

说完转身走进屋里去拿包。

黎阳看着葛娜的背影，心里只有一个念头：赶紧挣钱求婚。

9

黎阳和葛娜同居了大半年，激情渐渐被现实冲淡，但这不代表爱情也被冲淡了，至少黎阳是这样觉得的。

在这半年里，黎阳经过几次努力，终于战胜了童年时的心理阴影，吃上了葛娜亲手做的担担面。黎阳说，那是他活到现在吃过的最好吃的面条，因为配料里有爱情。

为了能早点儿求婚，黎阳同时做两份工作，一份是肯德基的小时工，一份是广告公司的设计外包承接。所谓外包承接，就是接一些广告公司做不完的外包设计任务，虽然价格比起正规设计师要低很多，但好在业务量比较固定，而且工作在家里就可以完成，时间上相对自由一些，他可以多些时间陪葛娜。

但其实葛娜基本上不用黎阳陪，因为她应聘到一家外资广告公司上班。从试用期开始，就过上了朝九晚不定的日子。

每天葛娜出门的时候，黎阳还没有醒；夜里葛娜回来的时候，黎阳正在做设计，而她已经累到沾床就着的地步了。

刚开始两人都觉得挺新鲜，斗志满满。葛娜出门前，桌上一定会有黎阳准备好的或做或买的早餐，而葛娜回来，也会和黎阳聊公司里的见闻，甚至有时候两人一聊就聊到太阳公公上班，干脆一起手牵手去吃早点，吃完回来，葛娜洗漱一下出门上班，黎阳则继续做设计，撑不住了就小睡一下，闹钟一响直奔肯德基上班。

人毕竟不是机器，时间一长，两人都出了状况。一次葛娜在向客户介绍设计方案的时候，大脑几次进入游离状态，差点儿睡着。好在是老客户，没有投诉葛娜。但她还是被同事悄悄举报，扣了一部分工资，试用期也延长了一个月。而黎阳也摆了个大乌龙，对着客人大声地说："欢迎光临麦当劳，请问您需要点儿什么？"客人惊讶地看着黎阳，嘴巴张得可以塞下一整个巨无霸。

哦，不对，肯德基里没有巨无霸。

10

有天晚上葛娜回来，黎阳正在做设计。

葛娜坐到黎阳身边，说："你觉得现在这样累吗？"

黎阳停下手里的活儿，看向葛娜说："说不累是假的，但我觉得值，总会有……"

黎阳还没说完葛娜就接过话头，说："我觉得挺累的，感觉现在的生活完全不是当初想象的那样。你说，我们有多久没有一起出去逛街吃饭了？我们有多久没有一起吃早饭了？我们有多久没有一起去菜场买菜了？为什么我们会把日子过成现在这样呢？”

黎阳愣住了，他不知道该怎么回答，葛娜说的都是事实，没有任何反驳的理由。他自己也不知道为什么日子会变成现在这样。

他想说：“我们都不是富二代，总要有个一起打拼吃苦的阶段，挨过这个阶段就苦尽甘来了。”但转念一想，他在心里给了自己一个嘴巴，这他妈是男人该说的话吗？葛娜可以有更好的选择，至少她可以回老家，有父母在身边就不用这么辛苦。现在她选择留在这里陪自己打拼，凭什么还要给她灌伪鸡汤？

千言万语化成了一句奇怪的对白，黎阳说：“你饿不饿？我下面给你吃。”

葛娜问：“你饿吗？”

黎阳说：“有点儿。”

葛娜说：“那你吃吧，我出去一下。”

黎阳说：“这么晚了，你去哪儿？我陪你。”

葛娜说：“不用，我很快就回来。”

黎阳问：“多久？”

葛娜说：“你吃完面我就回来了。”

说完，葛娜走到了门口。

那一刻黎阳突然冒出一句：“我养你啊！”

葛娜转头看了看黎阳，笑着说：“傻瓜。”

说完开门走了出去。

黎阳突然感觉自己就是尹天仇，葛娜就是柳飘飘[①]。

那时候的黎阳还不会下面，他只会煮泡面，煮好泡面他看了看钟，然后开始吃面。面条吃完，筷子刚放下，门开了，葛娜站在门口，手里提着塑料袋，里面装着各类烤串。

黎阳下意识地又瞥了一眼钟，前后一共二十五分钟。

葛娜走到桌前，放下烧烤，说："今天运气好，没什么人排队。你说，我们是不是要转运了？"

黎阳无比坚定地点头说："是！绝对是！我们的好日子要开始了！"

葛娜笑了笑，说："猪头。"

黎阳再次感觉自己就是尹天仇，葛娜就是柳飘飘，他们一定会有个大团圆的结局。

11

日子一天天过去，毫无转运的迹象。葛娜越来越忙，黎阳辞去了肯德基的工作，专心做外包承接设计。因为他的设计被很多客户认可，所以他和广告公司签了长期合作的协议，每个月都有保底设计费，但工作量也远远大于以前。

葛娜和黎阳变成了太阳和月亮，他们接触的时间越来越少，说的话就像暴雨前夜的星星，一双手就能数完。偶尔两人都放假休息，唯

① 尹天仇和柳飘飘分别是电影《喜剧之王》中的男女主角。

一想做的事就是好好睡一觉。

有一天晚上，黎阳在赶设计稿，葛娜回来了，拎着包站在门口。

黎阳起身接过她的包，说："回来啦，饿不饿？还是先洗洗睡？"

葛娜问："你饿吗？"

黎阳说："有点儿。"

葛娜说："我出去一下。"

黎阳说："你门都没进，又要去哪儿？我陪你。"

葛娜说："不用，我很快就回来。"

黎阳问："多久？"

葛娜指着橱柜上的泡面说："你吃完面我就回来了。"

黎阳想了想，说："你要去买烧烤？我去吧，你先休息休息，我正好也活动活动。"

葛娜从黎阳手里拿过包，说："你快去泡面吧。"

说完转身关上了门，楼道里传来葛娜下楼的声音。

黎阳知道葛娜一定是有什么心事，她有心事的时候喜欢一个人安静地待着，不喜欢说话，最好别打扰她。所以黎阳乖乖地走去泡面，他希望像上次一样，吃完泡面，葛娜就回来了。

走进厨房前，黎阳看了看钟。

下好面出来，黎阳看了看钟。

吃完面，放下筷子，葛娜没有回来。

黎阳又看了看钟，前后一共二十三分钟。

黎阳想："难怪娜娜没有回来，是我吃太快了。"

又等了两分钟，葛娜还是没有回来。

黎阳又想："不如我重吃一次好了。"

家里太安静了，黎阳不想就这样死气沉沉地等葛娜，于是他打开了电视，里面正在放《九品芝麻官》，黎阳觉得这样气氛就热闹多了。

黎阳重新拿起一袋泡面。

走进厨房前，黎阳看了看钟。

下好面出来，黎阳看了看钟。

吃完面，放下筷子，葛娜没有回来。

黎阳又看了看钟，前后一共二十五分钟。

黎阳仔细回忆了一下三个时间点，恍然大悟，虽然总时长一样，但下面的时间短了，难怪娜娜没有回来，再吃一次好了。

走进厨房前，黎阳看了看钟。

下好面出来，黎阳看了看钟。

黎阳刚吃几口，寻呼机响了，他拿起寻呼机看了看，是一条留言。看完留言，黎阳把寻呼机放在碗边，继续吃面。

电视里传来周星驰和吴孟达的对话，他们刚刚被人硬逼着吃完一百张饼。

周星驰说："有为，你有没有事啊？有为，你怎么啦？"

吴孟达说："呃呃呃……我肚子还有点儿饿。"

周星驰说："我靠！"

黎阳含着面条笑了起来，这次面条没有从鼻孔里喷出来，倒是眼泪从眼睛里掉到了碗里。

黎阳说："娜娜走后，我就开始学习各种面的做法，你知道为什么吗？"

我摇了摇头。

黎阳说："我一直有个想法，也许某一天我刚吃完面，娜娜就回来了。"

我不解地问："这和学做不同口味的面有什么关系呢？"

黎阳说："我从最简单的做法开始学，制作的方法不同，需要的配料不同，制作的时间也就不同，我想，做面和吃面的时间越长，我的机会就越大，娜娜出现的概率就越高。你说对不对？"

对不对我不确定，但我终于明白了，黎阳为什么会因为过水多过了一分钟而和老板争执；我终于明白了，为什么黎阳可以准确地说出只需要二十三分钟我就可以吃到面，这些都是长期积累下来的经验。与其说这是黎阳对于下面工艺的严格要求，不如说这是他对葛娜的执着。

黎阳真牛×，他赋予了面条一个新的作用：召唤失落的爱情。

12

之后几次去找黎阳，他都会下一种特别风味的面给我吃，也不管我是不是刚吃过。

因为知道了黎阳和葛娜的事，我从来没有拒绝过。毕竟只是一碗面而已，撑不死我，说不定还能吃出个葛娜来。

回想了一下，光是我吃过的，加上之前那碗三文火腿炒面，就有差不多十种。

我印象最深的是有一次黎阳打电话给我，让我去他那里一趟，还特别叮嘱我要穿西装。我问为什么，他说："你别管那么多，你来就对了。"

到了黎阳家，感觉就像是黑社会聚会一样，屋里全是穿西装的人，有高中同学，也有黎阳的大学同学。

桌上摆着好几盘意大利面，边上还放着红酒和一些其他小吃。

我问黎阳："今天是什么日子？"

黎阳说："你等等。"

随后，黎阳进屋去换了一套西装出来，还拿了个DV和支架，他把DV支在餐桌前，说："电视台的生活频道知道我会做一百种面，他们要给我做个小能手专题，让我录一些相关的素材，所以我把大家都叫来了。一会儿我就开始录，你们别紧张，该吃吃，该喝喝。"

高中同学祝义问："还能逼大胡话[①]啊？"

黎阳说："信不信我拔根腿毛勒死你？"

一阵哄笑后，黎阳按下了录制键。

聚会进行到差不多十点，大家一个个走了，我故意留到最后。

---

① 南京话，指胡说八道，吹牛。

我问黎阳："今天到底怎么回事？"

黎阳说："没事啊。"

我说："少来！我和电视台有合作，小能手那个专题早就没了。"

黎阳愣了下，笑了笑说："对哦，好吧……葛娜结婚了，就是今天。"

我一惊，问："你是怎么知道的？"

黎阳说："其实我一直都在留意她的消息。"

后来我才知道，原来我吃的那些面都是有说法的。

吃三文火腿炒面那天，葛娜和男朋友在香港出差，黎阳也是在那天搬到了我们这儿的香港城附近。为此，他还做了碗港式餐蛋面。

吃蔬菜拌面那天，葛娜和男朋友去了西藏。

吃北极虾鸡蛋炒面那天，葛娜在日本深造。

吃羊肉火锅面那天，葛娜去北京见了男朋友的父母。

吃回锅肉炒面那天，男朋友去四川见了葛娜的父母。

吃方便冷面那天，男朋友带着葛娜去韩国置办结婚用品。

吃新奥尔良鸡柳面那天，葛娜和男朋友举行了订婚仪式。那天恰巧是黎阳毕业后在肯德基上班第一天的纪念日。

吃泰式海鲜炒面那天，葛娜和男朋友去泰国为他们的婚姻祈福。

今天吃的是意大利面，不是因为葛娜和男朋友在意大利举行婚礼，而是黎阳觉得这是唯一可以穿西装吃面的理由。

我说："既然葛娜都结婚了，你也该为自己考虑一下了吧？"

黎阳说："嗯，我试试看吧。"

我说："好。"

13

一晃一年过去了，我和那群穿西装的人再次相遇，在黎阳的暖房酒[①]酒席上。

当黎阳过来和我们碰杯的时候，我说："恭喜你，你懂的。"

黎阳笑着说："我懂。"说完把杯子里的白酒一口喝完了。

可能是因为彻底放下葛娜了，黎阳那天特别能喝，每一杯酒都是一口闷，不知不觉就喝大了。

我受黎阳父母之托送他回家，还是香港城附近楼上那个家，重新装修了一下做婚房。

一进门，黎阳就冲进卫生间大吐。我坐在桌前等他，下意识抬头看了看大门，发现门上的钟没有了。

黎阳从卫生间里出来，脸上湿漉漉的，应该是洗了把脸，看起来清醒点儿了。

我说："明天一早接新娘，你这样不怕宿醉影响明天的状态啊？"

黎阳说："没事，睡一觉就好了。"

我点了点头，说："你真的放下葛娜了？"

① 南京婚俗，新郎在婚礼前一天晚上请男方家属亲友吃一顿饭，称暖房酒。

黎阳说："你看，门上的钟我都拿掉了，你说我有没有放下她？其实钟挂在门上不是因为我一天只看两次钟，而是因为我习惯了看门口，我总想着有一天娜娜会回来。在门上拌个钟，要是有人问，我也好有个说辞。"

我说："葛娜到底有多好？背叛了你还让你这样放不下。"

黎阳说："其实事情不是这样的。"

14

那天晚上，黎阳正在做设计，葛娜打来电话。

葛娜说："你饿不饿？"

黎阳说："有点儿，你还要多久回来？"

葛娜说："你先煮个泡面，你吃完我就回来了。"

黎阳说："好，路上注意安全。"

葛娜说："好。"

黎阳停下手里的活儿，走进厨房前，看了看钟。

下好面出来，黎阳看了看钟。

吃完面，放下筷子，葛娜没有回来。

黎阳又看了看钟，前后一共二十三分钟。

黎阳想："难怪娜娜没有回来，是我吃太快了。"

又等了两分钟，葛娜还是没有回来。

黎阳又想："不如我重吃一次好了。"

家里太安静了，黎阳不想就这样死气沉沉地等葛娜，于是他打开了电视，里面正在放《九品芝麻官》，黎阳觉得这样气氛就热闹多了。

黎阳重新拿起一袋泡面。

走进厨房前，黎阳看了看钟。

下好面出来，黎阳看了看钟。

吃完面，放下筷子，葛娜没有回来。

黎阳又看了看钟，前后一共二十五分钟。

黎阳仔细回忆了一下三个时间点，恍然大悟，虽然总时长一样，但下面的时间短了，难怪娜娜没有回来，再吃一次好了。

走进厨房前，黎阳看了看钟。

下好面出来，黎阳看了看钟。

黎阳刚吃几口，电话响了，是医院打来的，葛娜在回来的路上出了意外。

其实，无论黎阳再吃多少碗面，葛娜都不会回来了。

15

黎阳说："我一直不愿意接受娜娜已经离开的事实，我宁愿她是和别人跑了，至少这样我还有机会。如果她真的离开了，我就连最后的机会也没有了。"

黎阳说完走进屋里，随后拿出一个本子递给我，说：“你看看。”

我翻开，首页上的日期是几年前。再往后翻一页，上面写着几个字：与娜娜的幸福规划。

看完内容，我才知道，原来我吃的那些面是另有说法的。

吃三文火腿炒面和港式餐蛋面那天，黎阳计划和葛娜去看著名设计师靳埭强的设计展。

吃蔬菜拌面那天，黎阳计划和葛娜去西藏采风，完成她的“净”系列设计。

吃北极虾鸡蛋炒面那天，黎阳计划和葛娜去日本看福田繁雄的设计展。

吃羊肉火锅面那天，黎阳计划和葛娜一起去北京深造。

吃回锅肉炒面那天，黎阳计划去四川见葛娜的家人。

吃方便冷面那天，黎阳计划和葛娜一起去韩国参加亚洲设计比赛。

吃新奥尔良鸡柳面那天是黎阳在肯德基上班第一天的纪念日，也是黎阳准备向葛娜求婚的日子，因为当初上班时，黎阳学着电视里的样子，给了葛娜一个可乐拉环，说很快就会用钻戒来换。

吃泰式海鲜炒面那天，黎阳计划带葛娜去泰国为他们的婚姻祈福。

吃意大利面那天是黎阳计划和葛娜结婚的日子。

我问黎阳：“葛娜知道这个本子的存在吗？”

黎阳说：“不知道，但是所有的计划都是平时聊天聊出来的，我知道这是我们共同的愿望。”

我问：“这个计划你是什么时候开始写的？”

黎阳说："被同学甲刺激以后。"

我点了点头，又问："所以那天你找我们来，其实是举行你自己的婚礼？"

黎阳说："嗯，可以这么说。"

我说："放下就好，你赶紧睡吧。"

黎阳说："这个本子，还有那天的DV带，你先帮我保存吧。"

我说："也好，省得被你老婆看见。不过你要真放下了才好，不然对你老婆不公平。"

黎阳点了点头，说："我懂。"说完转身进屋去拿DV带。

16

等了半天不见黎阳出来，我进卧室一看，狗日的居然睡着了！

看着熟睡的黎阳，我突然想起搬家那晚吃面的场景。

黎阳看着掉在桌上的一块杏鲍菇说："杏鲍菇的离开，是桌子的追求，还是你的不挽留？"

我说："你吃个面要不要这样？"

黎阳说："你不懂。"

我说："看来你现在是个有故事的人。"

他说："不，我是个有事故的人。"

我问："什么事故？"

他说："感情方面的。"

临出门前，我看见黎阳掉在地上的钱包。

我又看了看他和他老婆的情侣照。

哦！想起来了！他老婆就是当时黎阳和老板争执的时候，捂着嘴跑出去笑的那个姑娘。

17

那天我闲着没事整理房间，翻出了黎阳的本子和DV带。

我一边看DV，一边翻本子。

看了DV才知道，那天聚会结束时，黎阳关DV之前对着镜头说："娜娜，祝我们新婚快乐，我爱你……再见。"

看到这里的时候，本子也翻到了最后一页，上面有一排娟秀的笔迹，一看就是女孩子写的：

你们若相爱，彼此就该是鲜活的，就算死了也是鲜活的。你们彼此活在对方的任何时间与空间里，无论睡着还是醒着。你们若不相爱了，彼此就该是死去的，就算活着也是死去的。你们彼此被埋进对方的回忆中，只需要偶尔拿出来缅怀一下就好，别再有爱的期待。一辈子能有多长？再长也长不过等待。

拾荒者

到不了的都叫作远方，回不去的名字叫家乡。

1

因为工作关系去了趟上海，对方知道我是南京人，很体贴地在南京路步行街附近安排了住宿，说是这样我会感觉亲切一点儿。

我说："你们上海人心思果然细腻。"

对方在电话那头笑着说："哈哈哈，开玩笑的，主要是我们公司就在步行街附近，个么（这样）来往方便点咯。不用打车什么的，省时又省钱，你说对哇耀一老师？"

我说："你们上海人果然精打细算。"

对方说："那我等下把地址和房号发给你，你下车就直接过去好了。打车票留着，回头好一起给你报销。"

我说："好。"

对高速运转的上海来说，时间比钱更宝贵，因此，很多生意人愿意用钱买时间，就好比对方宁愿让我自己打车到目的地再给我报销也不愿意开车来接我，因为接我的时间，他们可以挣到打车费几十倍甚至几百倍的钱。

也正是因为对方没有来接我，我才会遇上之后的一些人和事。

2

替我办理入住手续的是一个老伯，一副笑眯眯的样子，说着典型的上普话[①]。

老伯看了看我的身份证，说："哟，南京来的呀，南京是个好地方呀。"

我刚准备客套两句，老伯又说："不过比起阿拉[②]上海嘛，总归是要差一些的咯。"

我有些尴尬地笑了笑。

老伯也有些尴尬，说："哎哟，小伙子，我没有别的意思啊，你不要往心里去哦。"

我笑着点了点头，不料老伯又补充一句："我这个人嘛，脑筋不

① 即带着上海口音的普通话。

② 上海话，指"我""我们"。

会转弯的，就喜欢实话实说，我老伴儿说我这辈子就毁在这张嘴上了，呵呵呵。”

我这会儿已经不知道该做出什么样的表情了，只是预感到老伯至少还有一个包袱没有抖。

果不其然，老伯说：“老伴儿在的时候，我没听她的话，现在她走了，我这个毛病……”老伯说到这里停了一下，苦笑着摇了摇头说：“看来是要带进棺材咯。”

说完他看着我说：“走吧，我带你进去。”

可能是起太早的关系，也可能是被老伯强大的语言魅力所震慑，我的思路混乱得如同隔夜的方便面，一个愚蠢的问题脱口而出：“带我进棺材？”

老伯一下子愣住了，之后大笑起来，说：“哈哈哈，哦哟，看不出来呀小伙子，你这个人蛮幽默的嘛！”

幽默？在这样的老伯面前，我哪敢自认幽默呀！

不知道老伯有没有玩微博，如果玩的话，应该会是个很红的段子手。

3

南京路步行街上有个七重天宾馆很有意思，它其中一面墙上有支硕大的温度计，而我刚巧就在这支硕大的温度计正对面的广场上等客户。

因为之前没有见过面，所以在告知对方我的所在地之后，我又在电话里描述了一下我的装束，黑色货车帽，黑色帽衫，内搭牛仔衬衫，下穿卡其色工装裤，配黑白色新百伦运动鞋。

当我挂上电话时，无意间瞥见左侧有个人正看着我。当看清楚这个人时，我不由得在心中大喊一声："卧槽！"

这个人戴黑色货车帽，穿黑色帽衫，内搭牛仔衬衫，下穿卡其色休闲裤，配黑白色……哦，仔细看看，那是双白色的耐克，黑色部分都是污垢，占据了鞋的一部分，不难看出，这双鞋已经三四岁高龄了。

这个人走到我面前问："你刚刚是在说我吗？"听口音像是四川那边的。

我赶紧摇了摇头，说："不是不是，你误会了，我说我自己呢。"

那人点了点头，转身走到不远处坐下，边上堆放着一些破烂的纸盒和纸板。很明显，这个人是拾荒者。

出于好奇，我继续观察这个人。我总觉得他和一般的拾荒者有点儿不同，至于哪里不同，我说不出来，完全是直觉。

没一会儿，那人从衣服里掏出一盒维他奶，然后举着放在眼前，时不时对着这盒维他奶做一些表情和动作，感觉就像是在自拍一样。

我又仔细观察了一会儿，的确，他就是在自拍，因为他时不时会把拿着维他奶的手收回来，用另一只手的手指在盒子表面划过，估计是在看刚刚拍的照片。

这时不远处来了一对乞讨的母子，母亲推着轮椅，儿子坐在轮椅上，准确地说，是瘫坐在轮椅上，就像霍金那样，头稍稍往后，几乎是靠轮椅背支撑着的。

母亲推着儿子挨个儿乞讨过来，大多数人都或多或少会给些钱。当他们来到那个拾荒者面前的时候，母亲没有停留，而是直接向我这里走来。

拾荒者显然有些不高兴，他把维他奶放下，然后几步走到那对母子面前，拦住了他们。

那个母亲显然是被吓着了，表情显得有些紧张和尴尬。

拾荒者说："妹子啊，你打麻将啊，怎么到我这儿了还跳牌？看不起我还是怎么？"

那个母亲赶紧连连摇头："不是不是，你也挺不容易的。"

轮椅上的儿子也跟着轻微地连连摇头，含混不清地说着些什么，应该同样是辩解的话吧。

拾荒者从口袋里掏出几张皱巴巴的钱放到那个儿子的腿上，说："好好听你妈妈的话啊。长大了要孝顺她，知道不？"

儿子微微点头，含混地说："知……道。"

那个母亲还想上前说些什么，我起身走到他们面前，也掏出些钱，连同刚刚拾荒者给的钱，一起交到那个母亲手里，说："阿姨，什么都别说了，走吧。”

那个母亲看着我点了点头，把钱收进口袋后，对着我双手合十作揖表示感谢，然后推着儿子准备离开。

那个儿子抬起一只手指了指我身后，含混地说：“小……心……”

我转头看去，他指的是我的手机。刚刚着急起身，所以随手把手机放在了石凳上。

我微笑着对那个儿子说：“谢谢。”

那个儿子也努力地挤出一个微笑。

挺帅的。

拾荒者双手背在身后，看着那对母子走远，一副深藏功与名的样子。他转身走回原来的位置，抬头看向那支硕大的温度计。

我的手机响起，是客户打来的，我接通电话，对方告知大约十分钟后到达。

我挂上电话的同时，拾荒者拿起了那盒维他奶，放在耳边，说：“喂，对，是我。哦，没什么事，我就是问一下，你们这个温度准的吧？哦，好的好的，谢谢啊。不用不用，我改天过来好了，这里还有个会要开，先挂了啊，好。”

拾荒者说完把维他奶放下，按了一下盒子表面，然后又按了一下，再次放到耳边，说：“喂，妈妈啊，今天晚上要降温啦，你不要出去啦。我赚了很多钱的，明天一早寄给你。哎呀你听话嘛，不要出去啦，太辛苦了。这就对了嘛。先这样啦，人家等着请我吃饭呢。好，妈妈再见啊。”

拾荒者说完把维他奶放进了衣服口袋里，双手重新背在身后，看着那支硕大的温度计，表情有些凝重。

4

第二天吃过早饭，我下楼准备去附近逛逛，刚好遇到来上班的老伯。

说了几句客套话后，老伯说：“我昨天下班看见你在广场上和那个重庆人聊天呀，你心肠倒蛮好的嘛。”

我想了想，老伯应该是说那个拾荒者。于是我问：“那人是重庆的？您认识？”

老伯说：“认识的，我们这里很多人都知道他的。蛮可怜的人，说起来要掉眼泪的。”

我说：“能说给我听听吗？”

老伯说：“好的呀，那我长话短说好了。个宁（这个人）姓黄，以前是工程队的包工头，好像主要是做霓虹灯维护之类的，六七年前来的上海。来了以后嘛，据说做得还不错，接了好几单大生意。不过你也晓得的，做工程什么的，拖欠工程款是最严重的。工程是做了不少，可是款子嘛总也收不全，时间一长，发工资就成问题了。个么工人们嘛就闹情绪了呀。”

这时来了几个新入住的旅客，老伯暂时停下，做了些接待工作，大约十分钟后回到前台继续说。

“喏，屋漏嘛又偏逢连夜雨。这边款子的事还没有解决，那边家里来电话，说是他老母亲生病住院了，急等着用钱。小黄一下子慌了，工程也没心思做了，天天到处讨债，最后好不容易要到一部分，就想着先寄回去给老母亲治病。没想到还没出公司就被几个工人堵住了。他们以为小黄准备带着钱开溜，没说几句话就动手了。几个人打一个人，总归要出乱子的，个么好了，不知道谁踢到了他的头，人嘛一下子晕过去了。那几个工人吓住了，赶紧把他送去医院。送到医院后几个人就跑掉了，还好钱没敢拿。”

几个旅客来到前台办理退房手续，老伯只好再次把话头放下。办好退房手续，老伯干脆让边上一个小姑娘先照看一下，以便顺利地把故事和我说完。

老伯问：“刚刚说到哪里了？”

我说：“黄师傅被送到医院了。”

老伯微微点头，说：“医院一看情况不对，赶快报警。警察来了后，让医院先救人，他们负责联系小黄家里人。医院一看他身边还有些钱，好，个么就先抢救好了。警察这边也很快联系上了小黄家里人，一听他出了这么大的事，老母亲一着急，人就没了。他老婆也没办法，只能把老婆婆的丧事处理好了才赶过来。你等下啊，我喝口水。”

老伯端起茶杯咕噜咕噜连喝了几口，然后放下杯子继续说：“哎，你说说看哦，这个小黄上辈子是不是造什么孽了呀？”

我说：“听您这口气，这事还没完呀？”

老伯摇了摇头：“他老婆嘛急急忙忙带着小孩子赶过来，个小宁（这个小孩子）一路发高烧，小黄还没出院，他儿子又进医院了。中间七七八八的事我就不说了，反正最后小黄父子俩命是都保住了，不过两人都傻掉了。小黄还稍微好点儿，他儿子直接瘫掉了。

“小黄老婆带着小黄和儿子准备回老家，谁知道在车站等车的时候，小黄跑掉了。最后你猜在哪里找到的？在重庆路。小黄站在路牌下面说到家了。他老婆说这里是上海，不是重庆。小黄指着路牌冲老婆发火，说这里就是重庆。他老婆没办法，只能抱着孩子哭。唉……作孽哦。”

老伯说到这里叹了口气，拿下眼镜揉了揉微微发红的眼睛，然后戴上眼镜继续说：“好好一个家就这样毁了。老公嘛傻了，儿子嘛瘫了，小黄老婆想要找个工作也没办法找，总不能三天两头地请假吧。家是回不去了。她托亲戚把家里的东西都卖了，折现给她汇款过来，这些钱前后也就撑了一年吧，又是给儿子看病吃药，又是租房子什么的，再加上平时的开销，一家三口很快就流落街头了。”

我问："为什么不回去呢？在老家有亲戚照应，日子也不至于过成这样吧。"

老伯说："小伙子呀，你把事情想得太简单啦。以前的亲戚嘛叫亲戚，现在有的亲戚说难听点儿，就是有点儿血缘关系的路人。再说了，你是没见过小黄发病的样子，很吓人的。他认定重庆路就是重庆，死活不肯走。他老婆还带着个瘫掉的儿子，怎么争得过他？这还是刚开始，后来小黄的病也越来越严重了，经常连自己老婆儿子都不认识了。"

我问："那他老婆、儿子呢？怎么没见黄师傅跟他们在一起？"

老伯说："哦，刚才忘了和你说了，昨天那对母子就是他老婆儿子。他到哪里，他老婆就带着儿子跟到哪里，生怕他发病做出什么事来。以前他发病和人家闹，被人打得不轻。"

听到这句话，回想起昨天的情景，我觉得心里有什么东西堵着，难受。

老伯说："本来想着出来做生意挣钞票，可以衣锦还乡，谁知道连家乡都回不去了。哎，你说说看，可怜哇？以前我们那个年代说，爹亲娘亲不如毛主席亲，现在嘛小年轻做生意，一口一个'亲'。'亲'是这么好叫的呀？爹亲娘亲总归要走的，小夫妻再恩爱也逃不过生离死别。老天要收人你也拦不住，但只要家乡还在，家还在，个么回忆就还在。落叶归根是多少人的愿望啊。所以我说啊，再亲也亲不过家乡。我就觉得上海老好哦，就算上海变成南京那样，我家在上海，我家里人在上海，我家老太婆的魂在上海，个么我就觉得上海始终是最好的。你说对哇？”

我点了点头，内心却忍不住问：“南京怎么得罪你啦？”

晚上回来从南京路路牌下走过时，我停留了一下，看着上面“南京”两个字，突然有种莫名的亲切感。

5

高铁正以三百公里的时速开往南京。

我面前的小桌板上放着一盒维他奶，是我临上车前在超市里买的，算是这次来上海的一个纪念。

看着这盒维他奶，我回想起中午再次遇到黄师傅的情景。

再次遇到他是在地铁站入口，他依旧是三天前的那套装扮，坐在入口的台阶上不知道在想什么。

我拖着行李箱走到他面前的时候，他看了看我，然后站起身来。

我问：“你还记得我吗？”

他皱着眉摇了摇头，问：“你来这里出差呀？”

我想他是不记得我了，我又不想在他面前提起“回家”这两个字，索性点了点头。

他从口袋里掏出那盒维他奶递给我，说：“给你家里人打个电话报平安吧。”

我接过维他奶，是个空盒子。盒子的表面用圆珠笔画出了手机键盘的样子，其中数字1的位置上写着“家（妈妈）”。

六七年前触屏智能手机还很罕见，但是很多人都有设置快捷键拨号的习惯。显然，黄师傅就是其中一个。

耳机里传来南拳妈妈《牡丹江》中的一句：到不了的都叫作远方，回不去的名字叫家乡。

归心似箭。

小城故事

因为一个人，爱上一座城。但谁也不知道，最终守住的是有爱的人，还是只是一座死城。

1

上了动车刚刚落座，一个二十岁出头的女孩坐到了我边上。

女孩坐下后摸了摸口袋，又翻了翻包，低低地说了声“坏了”，起身离开，可没过一分钟又折返回来，重新坐下。

我这才发现，这个女孩好像没有带行李。

女孩犹豫了一下，有些尴尬地看着我说：“您好，能不能借您的手机用一下？”

说实话，我有点儿犹豫，车就要开了，而她又没带行李，万一她拿了我的手机就跑怎么办？

女孩似乎看出了我的犹豫，说："算了，不用了，不好意思。"

我有些尴尬地笑了笑。

铃声响起后，车开动了。

我插上耳机听歌看书。

大约过了三首歌的时间，女孩轻轻地拍了拍我的肩膀。

我摘下耳机看着她，眼里写着"有事吗"。

女孩说："我还是得打个电话，所以能不能……"

我"哦"了一声，拔下耳机，把手机递给女孩。

车正在行驶，我没有任何顾虑了。

女孩说了声"谢谢"，然后接过手机打电话。

女孩就坐在我边上打电话，所以基本上整个内容我听得一清二楚。

女孩是打给她妈妈的，大概意思是，她和男朋友分手了。男朋友不愿意，把她的东西都锁起来了。她什么都不要，就这样跑出来了。跑出来后才发现自己的手机也被男朋友收起来了。她怕男朋友会打到家里胡说八道，所以先打电话回家说一声。

讲完电话，女孩看了看通话时间，准备折现给我话费。

我说："算了，没多少钱。"

女孩说："那……谢谢你了。"

2

车行驶了大约十三首歌的时间。

女孩从餐车回来，递给我一瓶康师傅冰绿茶。

女孩说："我身上没多少钱了，还得留点儿打车回家，不然就请你吃盒饭了。"

我说："请我吃盒饭你就亏大了。"

女孩坐下说："不亏，热心人比什么都值钱。"

我有些尴尬地笑了笑，因为女孩的这句话，因为我当初恶意的猜测。

女孩说："你是出差还是回家？"

我说："回家。"

女孩说："嗯……还是回家好。"

我说："是呀，金窝银窝不如自己的狗窝。"

女孩说："我想我不会再来北京了。"

我问："因为你男朋友？"

女孩点了点头，说："嗯，我是彻底心寒了。你听过一句话吗？再冷也冷不过人心。"

我一愣，心中冉冉升起一轮"卧槽"。

女孩看着我的反应，有些奇怪，她问："怎么了？"

我说："没什么，只是觉得很巧，这句话我也听过。"

女孩点了点头，说："对于这句话，我现在是有非常深的了解了。"

我说：“不介意的话，可以和我说说吗？我是做编剧的，所以好奇心特别重。”

女孩点了点头，说：“好啊，就当谢谢你吧，反正过去了。”

我笑了笑。

女孩就开始说她和男朋友的故事。

3

女孩说：“他和我是高中同学，后来我考上了大学学酒店管理，但是他没有。因为他的心思不在学习上，他只想搞音乐，就回了北京。呵呵，搞音乐，现在想来真是……哎，对了，你喜欢听歌是吗？”

我说：“是呀。”

女孩说：“那省事了。你听过《大龄文艺女青年之歌》吗？”

我不太确定地说：“听过……吧。”

女孩说：“你等等。”

女孩掏了掏口袋,之后愣了下说:“唉……忘了,手机没在我这儿。”

我说：“没事，我搜一下，很快。”

找到这首歌后，我和女孩一人一个耳机听歌。

女孩说：“你注意看歌词呀。”

我说：“好。”

听完第一段后，女孩指着屏幕说：“啊啊啊！到了到了！”

因为戴着耳机，女孩没有意识到自己声音很大。

边上的人投来疑惑中带着怪笑的目光，仿佛我和女孩面前打着字幕“动车の痴汉vs素人盗摄.AVI”。

我羞愧地低下头看歌词：

大龄文艺女青年，
该嫁一个什么样的人呢？
是不是也该找个搞艺术的，
这样就比较合适呢？
可是搞艺术的男青年，
有一部分只爱他的艺术，
还有极少部分搞艺术的男青年，
搞艺术是为了搞姑娘，
搞姑娘又不只搞她一个，
嫁给他干什么呢？
搞姑娘又不只搞她一个，
奶奶奶奶奶奶的！

女孩跟着唱完这段就拿下了耳机。她的嘴角是微微往上的，但眼睛微微泛红。

我关掉音乐，拿下耳机，递给女孩一张纸巾。

她擦了擦眼角说："不好意思，最近我特别情绪化。"

我说："懂。"

女孩说："当初父母不同意我们在一起，可是我坚信我不会看错人。但事实证明，我错了。他几次打电话给我说，在圈里发展得挺好，让我来北京，他说心里只有我。我还开玩笑说：'还圈里，你是猪啊？'玩笑归玩笑，我还是来了。记得刚到北京的时候，他在外面租了房子，我上班，他在家里搞创作。那时候我觉得这就是我梦想的二人世界，觉得北京特别好。因为一个人，我爱上了一座城。但现实就是现实，就像歌里唱的那样。当然，我不是什么文艺女青年，我只是个酒店实习生。唉……你说我干什么不好干这个。"

我愣了下，问："酒店实习生怎么了？"

女孩苦笑了一下，说："如果不干这个，我就不会发现他带着别的人开房。他估计是溜冰[①]溜糊涂了吧，竟然跑到我上班的酒店来开房。哎，你知道溜冰的意思吧？"

我说："嗯，听说过。"

女孩长长地叹了口气，说："这件事之后，他就彻底变了，找出各种理由让我理解他，可我实在无法理解。我爱他没错，但爱不等于没有底线，对吧？好了，他就开始对我各种不耐烦，我说那分手好了。可他又不愿意分手，说对其他人都是应酬，对我才是真爱。呵呵，还能再操蛋点儿吗？后来的事估计你也知道了，就我电话里说的那些。"

---

① 即吸食冰毒，吸毒人员用"冰壶"来吸食的方法叫作"溜冰"。

我微微点头，说："这么说，那恭喜你吧。"

女孩说："是呀。刚开始真舍不得我们将近六年的感情，但现在想想，不能因为一个六年而毁了我接下来一个又一个的六年，对吧？"

我点了点头，说："对的。"

女孩说："假设我能活到六十岁，那他只占用了我十分之一的时间，更何况这十分之一并不全是糟糕的，对吧？"

我说："你能这么想还蛮厉害的。"

女孩苦笑了一下，看了看窗外，说："当初因为一个人，爱上一座城。可怎么也没想到，人还在，城还在，可是爱没了。"

4

列车广播提示，还有十分钟就要到下一个停靠站了。

女孩整理了一下衣服，表情变得轻松，因为家就在不远的地方了。

女孩说："对了，我再给你说件事吧，是我听酒店的同事说的，我觉得也许可以当素材。"

我说："好啊，谢谢你。"

5

我们酒店有个台湾客人租了间长包房，我同事常常去整理他的房间。这个台湾人一直很客气，每次都说：“谢谢，辛苦了。”同事对他印象挺好的。有一天同事整理完房间准备离开，这个台湾人突然说：“请等一下。”我同事问：“您还有什么需要吗？”台湾人说：“小妹，你可以提供特殊服务吗？”我同事当时觉得又羞又气，红着脸看着台湾人没说话。台湾人掏出钱包说：“哦，你误会了。你看，这是我太太。”台湾人给我同事看他钱包里他和他妻子的照片，我同事一头雾水地看着台湾人。

台湾人说：“我本来答应带着我太太来这里定居的，什么都弄好了，可是她去年因为癌症离开了，所以……以后每次你打扫完以后，可以对我多说一句话吗？”

我同事问：“说什么？”

台湾人说：“别太忙了，下班早点儿回来，记得我在等你。”

我同事想了想，说：“我明白您的意思了。”

台湾人说：“自从我太太过世后，我就很怕回家，我宁愿住在酒店里，因为起码每天能有一段时间屋子里会有两个人。”

我同事点了点头，心里觉得酸酸的。

台湾人说：“实在不好意思，给你添麻烦了，主要是因为你长得和我太太太像了。”

我同事愣了下，说：“明白了，我会按您说的做的。”

台湾人说：“太感谢了。”

6

女孩问我："你知道我同事为什么愣了一下吗？"

我说："不知道。"

女孩说："因为我同事和那个台湾人的太太完全两样。"

我也愣了一下，问："所以那个台湾人说的是假话？"

女孩说："不，是真的。后来我们问了，他说的都是真的。他是因为太太过世受了刺激，所以得了应急性脸盲症，会把完全不同的两张脸搞混。我长这么大还是头一次知道有这种病，好神奇。"

我点了点头，的确是长知识了。

7

车到站了。

女孩下了车。

我还在回想女孩和那个台湾人的故事。

女孩爱上北京，台湾人爱住酒店，从本质上来说是一样的。

因为一个人，爱上一座城。但谁也不知道，最终守住的是有爱的人，还是只是一座死城。

万一不幸，爱不在了，别怕，记得城是死城，但你是活的，对吧？

祝好。

Am 11：20

我突然想起了薯条先生的话：“生活就像我的身材一样，看起来是一条直线，但事实上并非如此，曲折着呢。”

砰的一声，门被浑身油腻的厨师劳德推开。

鸡柳隔着冷藏柜的玻璃看向墙上的时钟，忧伤低语：“不知道又该谁倒霉了。”

劳德看了看手里的字条，又看向一边的食材们。

那张字条对于食材们来说，是死亡判决书，人类管它叫点菜单。

蒜先生有种预感，今天该轮到自己被处死了。想到这里，他悄悄瞥了一眼冷藏柜里的牛排小姐，他希望可以和她死在一起。

上帝到底算是个有悲悯心的老人，他对人类说过：“你们可以处死任何食材，但它们在临死前有配对的权利。我不喜欢看着任何生物孤零零地上路，除了你们人类。因为你们过于自以为是了，除非你们懂得什么是爱。”

所以，和牛排小姐配对，是蒜先生临死前最后的愿望。

劳德用他的公鸭嗓宣读判决书。读完后，他还擤了下鼻涕，然后随手擦在了围裙的一角。

果然和蒜先生预感的一样，他在名单之列。

令他惊喜的是，牛排小姐也在名单之列。

可是，他还没来得及在心里发出欢呼，就遗憾地听到了洋葱先生的名字。他也在名单之列。

洋葱先生是蒜先生的情敌，他也心仪牛排小姐很久了。

蒜先生突然想起薯条先生的话：“生活就像我的身材一样，看起来是一条直线，但事实上并非如此，曲折着呢。”

劳德按例询问食材们配对的意愿。

牛排小姐选择了气质上和她比较搭配的洋葱先生。这件事发生在蒜先生开口之前。

女士优先这件事，在任何领域都是通用的。

蒜先生沮丧极了。他不甘心地悄悄瞥了一眼牛排小姐，看到的却是她身边的洋葱先生对自己投来胜利的笑容，其中还夹杂着不屑和嘲笑。

“我们一起去死，好吗？”

一个羞涩的声音从蒜先生的身后传来，是吐司小姐。

蒜先生看向吐司小姐，她那羞涩的眼神真是惹人怜爱。

看着吐司小姐，蒜先生忽然明白了什么。他露出灿烂的笑容，对着她点了点头。

“对于我们的事，请允许我说声抱歉。”

在观望劳德处死牛排小姐和洋葱先生的时候，吐司小姐突然低声说了一句。

“为什么要说抱歉？”蒜先生问。

“其实，我喜欢的是洋葱先生。我之所以选择您，只是希望上菜的时候，我可以处在离他最近的位置。请您原谅我的自私。”

吐司小姐说这句话的时候，眼睛没有离开过洋葱先生，虽然洋葱先生已经支离破碎了。

“哈，如果是这样，您大可不必道歉。或者说，我也应该对您说声抱歉。”

蒜先生脸上依旧带着灿烂的笑容，看着躺在烧红的网格铁架上的牛排小姐。

一瞬间，死亡变成了世界上最美妙的事。

我突然想起了薯条先生的话：“生活就像我的身材一样，看起来是一条直线，但事实上并非如此，曲折着呢。”

再美也美不过想象
THE AMAZING BEAUTY
OF IMAGINATION

Chapter 4

再美也美不过想象

人的想象力在爱情来临的时候是最强大的。当你爱上一个人的时候，在你的脑海中，你早就和他/她过完了一辈子。这辈子也许是你这一生中最美好的，因为完全脱离了现实。

再美也美不过想象

人的想象力在爱情来临的时候是最强大的。当你爱上一个人的时候，在你的脑海中，你早就和他/她过完了一辈子。这辈子也许是你这一生中最美好的，因为完全脱离了现实。

1

事情发生在那个特殊的年代，那个大多数人不愿意回忆但又注定无法忘记的年代，因为很多人的婚姻与那个年代有关，比如下面这件事的主角老陈的婚姻。这事是老妈说给我听的，为方便阅读，下文中我用“三姐”作为老妈的代称。

那年三姐响应号召，插队到江苏一个偏远地区。在那里，她认识了几个好朋友，也知道了一个叫老陈的人，以一种很特殊的方式。

那是某天下午，生产队派发生活用品，知青们排队去领。

三姐当时正在和前面的人聊天，突然听见后面“哎呀”叫了一声，于是回过头去看。只见毛丫涨红着脸，眼睛里隐约闪着泪光。

三姐问：“怎么啦，毛丫？”

毛丫哆哆嗦嗦地答：“我……抓到个……流氓！”

毛丫说完就哭了。

三姐再仔细一看，毛丫一只手里抓着个被布包裹着的东西，她身后一个中年男人正一脸猥琐地淫笑着。

三姐一下子明白了，毛丫手里抓着的是那个中年男人的家伙！

于是三姐一拳打向中年男人，与此同时大声喊：“打你个老狗日的流氓！”

听到三姐喊，前前后后的人一下子围了上来。有骂的，有跟着动手的。

毛丫哭得更厉害了，大声叫：“别打了别打了！断了！断了！”

动手的人停下了手，这时候中年男人已经躺在了地上，裤裆湿漉漉的。

派发生活用品的负责人带着两个战士跑过来问发生什么事了，三姐让毛丫说，毛丫哭哭啼啼不肯说，三姐就指着那个中年男人说：“他耍流氓，被抓了个现行。”

负责人就让两个战士把中年男人带去治安办处理，让毛丫和三姐一起去。

中年男人躺在地上，虽然鼻青脸肿，脸上却笑眯眯的，说："我行的！我的家伙好用得很！"

三姐对毛丫说："这人是个精神病吧？"

毛丫哆哆嗦嗦地说："刚才我感觉好像把他的家伙拽断了。"

两个战士把中年男人扶了起来，他的裤子里掉出半截茄子……

这个中年男人就是老陈。

2

到了治安办，老陈依旧嬉皮笑脸。三姐和毛丫被带去另一个房间做笔录。等做完笔录出来的时候，老陈已经被放走了。

三姐问："为什么放老陈走？"

治安办的人说老陈得了精神病。

三姐问毛丫："你说怎么办？"

毛丫低声说："算了，姐，咱快回去吧。我之前吓尿裤子了。"

到了晚上的时候，生产队派了几个人带了点儿东西来看望毛丫，顺便把她和三姐下午没领到的生活用品补上。与此同时告诉她，这只是个突发事件，要相信社会主义还是美好的。

三姐好奇心重，就问："老陈是怎么得的精神病？"生产队的人说："其实老陈也挺可怜的。"说完这句停顿了一下，又补充了一句："不过，可怜之人必有可恨之处呀。"

3

老陈一直暗恋着村里一个叫胡玫的姑娘。每次看到胡玫，老陈都走不动路，满脑子都是和胡玫一起过日子的美景。

那时候老陈还不算老，刚刚而立。但在那个年代，像他这个年纪的人，孩子都开始发育了，可老陈还是个娱乐靠手的单身汉。

老陈设想过不下五十种向胡玫表白的方式，可一看到胡玫的脸，他的脑子就一片空白。除了发愣，什么都干不了。特别是一想到胡玫比自己小十岁，老陈就㞞了。他常在夜里对自己说："算了吧，哪有癞蛤蟆能吃上天鹅肉的？"老陈对胡玫的爱是绝对纯洁的，他在手淫的时候都不敢想胡玫，他觉得这样会玷污她在自己心中美好的样子。

老陈的犹豫让他错过了胡玫，后来胡玫嫁给了村里做牛皮生意的王琦。王琦也比胡玫大十岁。

这件事让老陈心里非常不平衡。他觉得王琦和自己一样大，凭啥就好意思娶胡玫？再说王琦长得也不比自己好看，而且还是个做生意的，肯定不是个好东西!

那时候很多人的心态就这么怪，他们觉得有钱人就一定是坏人，都是周扒皮、黄世仁那样的阴狠角色。

老陈为胡玫担心起来，他总想象着胡玫各种挨打挨骂的样子，越想越心疼，有时候夜里能心疼得哭出来。从那个时候开始，他就有了一个念头：一定要想办法把胡玫救出火坑！

4

一转眼就是十年。这个机会终于让老陈等到了。那一刻，他打从心底里感谢党，感谢政府，感谢毛主席。

老陈因为根正苗红，当了红卫兵的头儿。他想着终于可以名正言顺地把胡玫从王琦手里解救出来了！可令他万万没想到的是，王琦早就得到风声，一早就把资产上缴给了国家，来了个积极配合，一下子从走资派变成了革命群众。

老陈心里那个气呀！他更加确定王琦是个奸猾之人，胡玫指不定背后遭了多少罪呢！老陈越想越担心，发誓要整死王琦，救出胡玫。

说来也是命，王琦请几个朋友吃饭，其中一个人是老陈的朋友，就叫老陈一起。

王琦什么都不好，就好酒，一开心就会喝大，一喝大就会胡说八道。席间在谈到下一代的问题时，有人习惯性地背了段话："世界是你们的，也是我们的，但是，归根结底是你们的。你们青年人，朝气蓬勃，正在兴旺时期，好像早晨八九点钟的太阳，希望寄托在你们身上。"

王琦笑了笑，说："嗬，瞎扯淡！什么八九点钟的太阳！你们知不知道，他都是夜里工作，白天睡觉。什么叫八九点钟的太阳？他根本就没看过。这句话什么意思啊？意思就是，你们青年人怎么啦？根本就不在老子眼里！”

一听王琦这么说，所有人都愣住了，没人敢接话。老陈心里一阵激动，王琦这次死定了！

第二天一早，老陈就把这件事报上去了，还拉着几个一起吃饭的人做证。老陈拉人，谁敢不去？不去就是犯了和王琦一样的罪。

当天下午上面就下了指示，必须严惩王琦！接到通知的时候，老陈激动得全身发抖，他恨不得穿上新郎官的衣服去王琦家，办完王琦就顺便和胡玫把婚礼办了。

第三天中午，老陈带人来到王琦家，宣布王琦的罪状后就要把王琦带走。王琦知道自己这一走凶多吉少，干脆武力反抗。这时候胡玫站在一边，不知所措。老陈上前对胡玫说：“你赶紧和他划清界限，不然你也倒霉。”

王琦被打瘫在地。胡玫走上前，一边叫着“和反革命划清界限”，一边上前抽王琦耳光。王琦一把抓住胡玫的手，不让她打。拉扯中，胡玫突然跳起来，连着几下踩在王琦身上，当时血就从王琦嘴里流了出来。后来听说是肋骨断了，刺穿了心脏，不治而亡。

当时老陈在一边看着，不由得打了个寒战，他没想到看起来温柔可人的胡玫会这么狠。他后来转念一想，看来自己之前的猜测都是对的，胡玫一定是心中积压了太多的怨气才会这样的。

后来老陈才知道自己错了。

5

老陈终于如愿，和胡玫结婚了。可是结婚以后老陈才知道，胡玫完全不是自己想象中的那样。胡玫好吃懒做，而且嘴巴极其恶毒，动不动就对老陈骂骂咧咧。老陈稍有反驳，她就翻出王琦的事来说老陈。

老陈事后想想觉得很对不住王琦。夜里他常常回忆王琦事件，越想越觉得可怕。王琦和老陈原本是两个没有交集的人，互不认识，更谈不上什么恩怨。仅仅因为王琦娶了胡玫，老陈竟然就把王琦当作仇人。更可怕的是，那个特殊年代赋予了老陈本不该有的权力，戴着天使的光环干着恶魔的勾当。

后来，在一次小规模的武斗中，老陈的家伙受伤了，而彼时的胡玫正处在如狼似虎的年纪，于是老陈就被胡玫扣上了“活太监”的帽子。一个男人天天被老婆嘲笑是“太监”，其中滋味可想而知。久而久之，老陈就被折磨成了间歇性精神病。他常常用绳子把茄子或黄瓜绑在家伙上，到处去招惹姑娘，蹭她们的身体，就为了看到她们被惊吓的样子，获得心理上的安慰。后来因为长期用绳子捆绑的关系，老陈的家伙彻底坏死，被切除了……

老陈成了真正的“活太监”。

老陈“变身”后没多久，胡玫带着老陈所有的家当一声不响地跑了，一连串的打击把老陈彻底整疯了。他每天腰间拴着绳子，不是吊着茄子，就是吊着黄瓜，看见年轻姑娘就靠上去蹭，嘴里不停地说：“我行的！我的家伙好用得很！”

生产队的人说完老陈的事就走了。

临走前二姐问：“排队的姑娘那么多，他怎么就看上毛丫了呢？”

生产队的人说：“可能是因为她的背影像胡玫吧，当年老陈爱上胡玫的时候，她也就你们这个年纪。”

6

人的想象力在爱情来临的时候是最强大的。当你爱上一个人的时候，在你的脑海中，你早就和他/她过完了一辈子。这辈子也许是你这一生中最美好的，因为完全脱离了现实。

祝义安全

陪伴是最长情的告白，而守护是最沉默的陪伴。

1

最近一次见祝义是年前的同学会，那天他迟到了。进了包间第一句话就是："骚里（Sorry），骚里，堵得一逼。"

胖子急忙倒了满满三大杯啤酒，大约一瓶半的量，说："少啰唆，自杀三杯。"

按照祝义的酒量，这些酒对他来说只是漱漱嘴，洒洒水。

祝义摇了摇头说："今天不能搞，开车的，改日，改日。"

胖子说："别废话！快喝。哎哟，多大点儿事啊！找代驾的钱我给。"

祝义赔着笑脸说："今天真不能搞。"

胖子嘴角向下一撇，说："软腿！哎，对了，今天山鸡没来啊？"

祝义说："人间蒸发了。"

胖子一愣，喃喃道："卧槽……什么时候的事啊？"

祝义说："大半年了。"

胖子没再接话，一口喝掉了面前的酒。

祝义在我身边坐下，我问："山鸡是哪个啊？"

祝义说："先吃吧，回头我慢慢和你讲。"

我说："好。"

后来我才知道，不是"山鸡"，是"三基"。这两个词用南京话说出来毫无差别。

2

"三基"是祝义的大学同学，这个外号的意思是小三兼基友。

说来也好笑，三基的本名叫王安全。一个祝义，一个安全，怎么看都是天生一对的节奏。

祝义第一次见到王安全的时候，王安全他爸正在宿舍里给大家分山芋、花生和大枣，核桃一般布满皱纹的脸上堆着憨笑，边分东西边对同学们说："我们山里人糙，今后安全就拜托大家照顾了。有什么活儿让他干，我们别的没有，力气多的是，呵呵。"

王安全站在一边看着他爸，也不说话，脸红红的，像个女孩。

祝义刚开始觉得王安全他爸的话不太合逻辑，既然是照顾他，为什么还要让他干活儿？后来他才明白，那是山里人骨子里特有的恭卑。

恭卑不同于自卑，自卑的人未必对人友善，有时甚至满腹的不甘和仇视，但恭卑的人往往待人接物谦和有礼。不是怕或者敬畏，而是发自内心的尊重。这点和谦卑有点儿相似，但谦卑的人未必自卑。

相处了半个学期，祝义越来越觉得王安全是个值得交的朋友，比宿舍里其他的任何人都靠谱儿。唯一有点儿遗憾的是，王安全身上有他爸的影子——恭卑。

为了让王安全树立自信，祝义带王安全回过家几次，祝爸祝妈都很喜欢这个淳朴憨厚的孩子。于是祝义提议让爸妈收王安全做干儿子，祝爸祝妈自然乐意，王安全最终也恭敬不如从命，成了祝义的干弟弟。

从此以后，只要是祝义有的，王安全就基本上都会有。从物质上来说，王安全算是富二代待遇了。但祝义发现恭卑已经深深地刻在了王安全的骨头里，用钱是挖不出也抹不掉的。

这点他很长一段时间都没有想通。

3

大二的一个午后，祝义和王安全吃完饭到学校的草坪上抽烟。

那时候刚刚入夏，天有点儿小热，所以他们找了棵大树坐在下面。祝义给了王安全一支烟，自己也叼起一支，然后准备给王安全点烟。

王安全说："你先点，我自己来。"

祝义笑着摇了摇头，王安全对任何细节都非常在意，他总要把自己放在比别人低一点儿的位置，就好像现在很多人喝酒碰杯，两个杯子的位置非要分个上下一样。

祝义点燃打火机，眼角余光瞟到了不远处另一棵树下的女生。

祝义看着女生发呆，最终忍不住说了句："哎呀卧槽烫烫烫！"

祝义丢掉打火机甩了甩手，目光还停留在那个女生身上。

王安全顺着祝义的目光也看到了那个女生。

女生靠着树坐着，看着远处，头发被微风时不时地吹起。两只手交叉放在胸前，两腿叠在一起平放着，身下铺着格子野餐布。

祝义说："像不像张柏芝？"

王安全说："不像吧。"

祝义说："你还记得《喜剧之王》吗？"

王安全想了想说："哦！像的，像的！"

祝义说："我来感觉了。你呢？"

王安全憨笑着摇了摇头。

祝义笑着说："哈哈哈，屄人，不敢认。"说完起身拍了拍屁股，说："走，问她叫什么名字，哪个系的。"

王安全一脸为难，说："算了吧。"

祝义说："怕什么？先认识一下，又不会怎么样。"

王安全依旧坐在地上，说："不要吧。"

祝义说："你这个真屄无双！"

说完起身向那个女生走了过去。

王安全始终没有起身，远远地看着祝义和女生搭讪，就像看一部电影，自己只是个观众而已。

没多久，女生走了，祝义走了回来，坐下，递给王安全一支烟。

王安全说："我还有，刚才的还没点呢。"

祝义说："打听清楚了。她叫刘君君，经管系的。"

王安全说："哦。"

祝义说："哦个蛋蛋啊？我们一起追啊！"

王安全说："啊？"

祝义说："啊个蛋蛋啊？敢不敢试试？"

王安全说："告诉你一个秘密。"

祝义叼起烟，点燃打火机，说："讲。"

王安全说："我不喜欢女人。"

祝义愣了下，最终忍不住说了句：“哎呀卧槽烫烫烫！”

4

烧烤店里，祝义和王安全面对面坐着。地上放着十八个空酒瓶。

祝义说：“安全，我们是好兄弟吧？”

王安全说：“是啊。”

祝义说：“所以你下午是开玩笑的对吧？”

王安全说：“不是啊。”

祝义说：“安全你够了！不要闹！”

王安全喝了口可乐说：“我们是兄弟，我拿你当亲哥哥看待，你别多想。”

祝义想了想，说：“你真的不喜欢女人？”

王安全说：“女也好，男也好，我都不喜欢。我现在心思都在学习上，我必须有个好出路，才能让我爸妈过上好日子。这是我目前最重要的事。”

祝义点了点头，说：“也对。哎，不对，你还有我！熬到毕业我们就去我爸公司上班。”

王安全没接这句，挑了另一个话头问：“你真的对那个刘君君有意思？”

祝义笑了，一副死皮赖脸的样子。

王安全问："那你有没有问她是不是单身？"

祝义说："没问，管她是不是单身呢。"

王安全说："这样不好吧？"

祝义端起杯子，说："不说这个，喝酒喝酒。"

王安全说："你少喝点儿吧，酒喝多了不好。"

祝义说："没事没事，我有数。"

王安全看了看地上的十八个空酒瓶，说："你没数，瓶子有数。"

祝义笑了，一副死皮赖脸的样子。

5

三个月后的一天晚上，王安全在宿舍里看书，舍友从外面急急忙忙地跑进来，说："安全安全，快去小萍大排档，祝义出事了。"

王安全二话不说冲了出去。

王安全到小萍大排档的时候，祝义手里拿着酒瓶，被几个人围着。

距离祝义最近的那个人王安全认识，叫胡峰。

6

胡峰是刘君君的前男友，也是刘君君的学长，几年前毕业后在学校附近开了个小服装店，卖的都是大市场的批发货。那时候还没有淘宝，这些衣服对于学生党来说物美价廉。刘君君和闺密陈娟常去胡峰的店里光顾，一来二去，两个人就好上了。

省略掉中间各种恩爱甜蜜，三个多月前的一天，刘君君告诉胡峰，自己怀孕了。

胡峰的第一反应就是说：“不是吧？赶紧打掉。”

刘君君只回了一个字：“好。”

刘君君心里很清楚，把孩子生下来的可能性本来就不大，毕竟自己才大二。但她以为胡峰的第一反应会是“生下来吧，我们结婚”，即便不是这样，至少也该是“先打掉吧，你看呢”这种商量的口气，而不是一脸的嫌弃和不耐烦。

恋爱中的女人不在乎对方的钱，不在乎对方的长相，唯一在乎的就是对方的态度。

胡峰给了刘君君一些钱，说自己过几天要去进货，让她自己去医院，顺便买点儿补品。刘君君说：“哦。”

几天后，孩子没了，刘君君对胡峰的爱也没了。胡峰没再主动联系过刘君君，刘君君也没再联系胡峰。分手是他们之间的最后一次默契。

一周后的午后，刘君君坐在树下看着远处，脑子里回忆着和胡峰的过往，原本试图把这些记忆一段段删除掉，但越回忆越投入，整个人进入了回忆模式。这时祝义从远处走了过来。

祝义说：“同学，你好，可以打扰一下吗？”

刘君君看向祝义："嗯？"

祝义说："我叫祝义，祝福的祝，义气的义。我是学生会的，想要做个调查，需要问几个问题，能帮个忙吗？"

刘君君淡笑了一下，说："我叫刘君君，经管系的，南京人。还有别的问题吗？"

祝义一愣，他从刘君君的语气和笑容里判断出自己穿帮了。之前编好的问题完全派不上用场，只好干巴巴地说："老乡嘛，我也是南京的哎。"

刘君君又说："哦，老乡啊，我跟你讲哦，以后装调查搭讪呢，记得带本子带笔。"

祝义又一愣，说："哎，都说是老乡了，你看穿就看穿啵，干吗骂我呢？"

这次轮到刘君君发愣了，她问："我什么时候骂你啦？"

祝义说："你刚讲的呀，记得带本子，呆逼[①]。"

刘君君噗一声笑了出来。

祝义也跟着笑了笑，说："别介意啊，场面有点儿小尴尬，搞笑缓和一下气氛。"

刘君君笑着点了点头，说："嗯。"

祝义说："那先这样啦，有机会聚聚吧。"

刘君君说："再说吧。"

---

① 江苏苏南、苏中一代的方言，意思跟"傻×"差不多，后来被广泛用在网络中。

7

那次之后，祝义隔三岔五找各种借口约刘君君吃饭，刘君君推脱了几次后，实在不好意思了，只好让陈娟陪着一起赴约。那天祝义也带着王安全。

祝义找的是一家很有特色的小饭馆，一半是碟屋，一半是餐饮。

四个人边吃边聊，共同话题不少，有点儿相见恨晚的意思。临结束时，祝义提议如无意外，以后每周来这里聚一次。就这样一来二去，四个人互相都熟了。

有次聚会时，不知道为什么，原本滴酒不沾的刘君君主动要求喝酒。起初祝义以为刘君君是开心，后来才发现刘君君是难过，因为喝到后来刘君君一直哭一直哭，一直哭到睡着了。

祝义说："卧槽，不会是哭脱水晕过去了吧？"

陈娟说："肯定是醉了睡着啦。她从来不喝酒的。"

祝义问陈娟："她今天或者最近遇到什么不开心的事了吗？"

陈娟说："没有呀，之前一直好好的。"

祝义想了想，说："不管了，先送她回去吧。"

陈娟点了点头。

送刘君君回去的路上，祝义问陈娟："对了，君君有男朋友吗？"

陈娟说："你想追还是安全想追？"

祝义说："你猜。"

陈娟说："不用猜，你们都没戏。"

祝义问："为什么？"

陈娟说："君君心里有伤，一时半会儿好不了的。"

祝义再问，陈娟就不肯细说了。

8

王安全到小萍大排档的时候，祝义手里拿着酒瓶，被几个人围着。

距离祝义最近的那个人王安全认识，叫胡峰。

王安全冲到祝义身边，也捡起地上一个酒瓶，大叫："你们想干吗？"

胡峰说："你俩他妈是病友吧？我还想问你们要干吗呢！"

王安全这时才注意到胡峰身上满是油渍和饭菜。

祝义说："你他妈管老子是谁，今天打的就是你个狗日的。"

胡峰吼了句："傻×！干死你们！"

胡峰吼完就冲向祝义，其余的人也跟着冲了上去。

乒令乓冷，鸡飞狗跳，人死牛瘟，一逼吊糟[①]。

老板小萍身材矮小，累计也就十八个拳头高。看着一群大小伙子干架，站在一边硬是抖出了Locking[②]的节奏，连报警电话是110、120

① 南京方言，语气助词，强调程度。此处指场面一片混乱。

② 即锁舞。身体做一些很快的动作，然后在某一个时刻突然定住。锁舞发源于美国洛杉矶，因为舞蹈中锁的手势和突然定格的舞感类似锁的功用，所以称为锁舞。

还是122都搞不清了。

从混战开始，祝义就完全乱了阵脚，谁靠得近就打谁，完全没有目标，自卫多过出击。等好不容易有点儿头绪的时候，他看见王安全一脑袋血，正在打胡峰，一边打一边念念有词，说的应该是他老家的话，祝义一句都听不懂，只觉得听起来很霸气，而且蛮押韵，又好记。

这时候远远听到警车响，一群人赶紧跌跌爬爬地散开。

王安全扶着祝义边跑边问："你没事吧？"

祝义说："都疼麻木了。你呢？"

王安全说："晕。"

王安全醒来的时候躺在医院，身边坐着祝义和警察。

祝义说："好了好了，你终于醒了。"

王安全说："我没事。"

警察说："有事。"

后来，因为打架的事，祝义和王安全被给予了严重警告处分。

后来，因为打架的事，刘君君成了祝义的女朋友。

9

那时王安全刚出院没多久，刘君君请祝义和王安全吃饭，还叫上了陈娟。

刘君君问：“你们为什么要去找胡峰麻烦？”

王安全没有说话。

祝义说：“因为他对你不好，我……们不爽。”

刘君君问：“谁告诉你他对我不好的？”

祝义说：“我猜的。”

刘君君说：“你瞎说。”

说完看向陈娟。

陈娟说：“你别看我，真是他猜到的。”

刘君君看向王安全，说：“安全你最老实，我信你说的话。”

王安全说：“真是他猜到的。”

10

刘君君喝醉的第二天晚上，祝义回到宿舍，王安全神神秘秘地说有片子让他看。

祝义问：“欧美的还是日本的？”

王安全说：“欧美的。”

祝义问：“是啄木鸟的还是Private[①]的？”

① 法国啄木鸟电影公司是当今世界最著名的五大成人影片公司之一，Private 媒体公司是其竞争对手。

王安全说："HBO[①]的。"

祝义说："卧槽！HBO也出毛片？"

王安全说："呃……不是毛片，是电视电影。"

祝义说："没意思，不看。"

王安全说："你知道昨天晚上刘君君为什么哭吗？"

祝义问："你知道？"

王安全说："看片吧。"

王安全给祝义看的片子叫《堕胎》，是一部1996年在HBO放映的电视电影，讲述三位不同时期的女子所遇到的与堕胎相关的困境，三个故事借由发生在同一栋房子中串联起来，发生时间分别为1952年、1974年以及1996年。

王安全让祝义直接看第三个故事。故事发生在1996年，一位女大学生与教授发生关系后怀孕，教授只给她一笔钱让她去堕胎，并打算从此断绝联络。几经波折，这个女大学生还是决定堕胎。就在堕胎手术完成后，一位反堕胎的人持枪射杀了执行堕胎手术的女医师，女大学生将倒在血泊中的女医师抱住，并大声呼救，但无人过问。

当片中的女大学生告诉教授自己怀孕了，教授面带厌恶和嫌弃的表情让她去堕胎时，王安全按下了暂停键，说："昨天我们吃饭的时候，刘君君看到这一幕，神情就完全变了，之后就开始喝酒了。我今

① 英文全名为Home Box Office，是总部位于美国纽约的有线电视网络媒体公司。

天跑去问老板，他就把这部片子借给我了。”

祝义愣了一下，说：“尼玛！你的观察力是变态级的啊！还说你对刘君君没意思！”

王安全说：“我也是无意间看到的。”

祝义说：“所以……刘君君身上发生过类似的事？”

王安全说：“可能吧，要不你去问问陈娟。”

祝义说：“好，我去套她话。”

王安全说：“要真是呢？那你还追刘君君吗？”

祝义说：“追啊！为什么不追？”

王安全竖了下大拇指，说：“爷们儿！”

第二天下午，祝义悄悄找到陈娟，连哄带骗把刘君君和胡峰的过往套了出来。

第四天晚上，祝义发现胡峰和几个朋友在学校附近的小萍大排档吃饭。祝义在街对面抽了半包烟，喝了一瓶二锅头后，走到胡峰面前，二话没说，端起隔壁桌还没收拾的几盘菜迎面泼到了胡峰的身上。

胡峰和他的几个朋友把祝义团团围住，祝义顺手拿起一个空酒瓶，做好了有可能被打成脑残的准备。

祝义怎么也没想到，王安全竟然赶来了。

祝义怎么也没想到，王安全差点儿被啤酒瓶砸成脑残。

祝义怎么也没想到，砸中王安全脑袋的那个啤酒瓶是他糊里糊涂扔出去的。

11

刘君君说："好吧，你们都不说实话，那吃完这顿饭就别再联系了。"

祝义说："那我就再去找胡峰麻烦。"

刘君君急了，说："你精神病啊？"

祝义说："要我不去也行，你答应我一件事。"

刘君君说："不行！"

祝义说："卧槽，又抢答啊？我还没问呢。"

刘君君说："我不会做你女朋友的。"

祝义说："好！你要不同意，我就天天到你们宿舍楼下去各种表白。"

刘君君说："别忘了，你还有严重警告处分在身上呢！"

祝义说："反正追不到你的话，上不上学也无所谓了。"

刘君君说："你这个人怎么这么无赖呀？"

祝义说："赖汉才能娶仙女嘛。"

刘君君一着急，飙出一句南京话："我看你真是甩得木得（没有）边了！"

祝义说："你骂人！木得鞭的是太监。"

刘君君说："你……"

祝义说："不闹不闹。说真的，我没别的本事，这辈子唯一能坚持的恐怕就是爱你这件事了。"

刘君君又好气又好笑，对王安全说："安全你说呢？"

王安全说："你俩挺合适的。"

刘君君又看向陈娟，说："我的妈呀！菜都让你一个人吃光啦！"

陈娟咧着嘴笑，牙缝里卡着菜叶，随着陈娟笑出的气摇曳着，就像南京挹江门上的旗子，有点儿甩。

晚上回去的路上，刘君君问王安全："你恢复得怎么样？会不会有后遗症什么的？你要检查清楚呀。"

王安全说："嗯，下个月去复查，不会有问题。"

陈娟说："你怎么比祝义还拼命呀，你不会也……"

王安全愣了下，说："没有没有，祝义是我兄弟呀，我看不得他吃亏。"

祝义一把搂住王安全的肩膀，说："没错！好兄弟，一辈子！"

12

大学毕业以后，祝义到家族集团下属的南京地区的广告分公司当业务经理，王安全跟着祝义到了南京给他当助理。

当然，跟着一起回南京的还有刘君君。刘君君在一家合资企业找了份工作。

祝义当初追刘君君的时候说："说真的，我没别的本事，这辈子唯一能坚持的恐怕就是爱你这件事了。"这句话可能刘君君都忘了，又或者当祝义说酒话，但祝义一直记在心里。工作以后，祝义就暗暗发誓，一定要尽快赚钱把刘君君娶进门。

从这点上来说，王安全很佩服祝义。虽说就业机会是家里给的，但祝义在职期间并没有把自己放在免死金牌的位置上，努力、上进，每个月只花自己的工资，不再向父母伸手要一分钱。

对于祝义的做法和想法，刘君君和家里人也非常赞同。征得家人的同意后，刘君君决定先和祝义领证，剩下的事等有能力了再说。

领证那晚，祝义和刘君君请王安全吃饭。

祝义拿着结婚证对王安全说："安全你看，我用自己挣的钱把君君迎进门了，我这才叫娶老婆，用我爸妈的钱只能叫讨老婆。什么人才讨啊？没本事的、要饭的才去讨呢。对吧？"

王安全看着结婚证，说："嗯。"

祝义一手搂着王安全，一手搂着刘君君，说："别光嗯啊，你也不祝福祝福我们。"

王安全看着结婚证，说："祝你幸福。"

祝义说："不是我，是我们。"

王安全看着结婚证，说："哦哦，祝你们幸福。"

祝义端起酒杯，说："来，为了我们的幸福，干！"

刘君君举起酒杯。

王安全举起可乐。

祝义说："安全，今天是我大喜的日子，你好歹喝点儿吧。"

王安全笑了笑，说："好，拼了。"

王安全倒了满满一杯啤酒，说："祝你们幸福！"

第二天，王安全请了假，说是不舒服。

祝义赶紧开车跑去王安全家，王安全没在家。

祝义在王安全家楼下等着，不一会儿看见王安全骑着小电动车回来了。

王安全告诉祝义，自己去医院挂了水，现在没事了。

王安全还告诉祝义，几天前，大学时参加一对一献爱心资助认识的一个西藏孩子给他来信，希望他去西藏看看，所以他就在回来的路上顺便买了去西藏的车票。

祝义说："行吧，最近也不是很忙，那你去吧，正好休息休息。"

13

前前后后一个月，王安全才从西藏回来。

祝义到车站接王安全，王安全整个人瘦了，也黑了，看起来更像是从非洲回来的。

上了车，王安全从行李里拿出一个铃铛，丁零当啷晃了两下，铃声清脆欢快。

王安全说："好听吧？"

祝义说："好听。"

王安全把铃铛挂在祝义的后视镜上，说："这是那个孩子送给我的，是他奶奶从喇嘛庙里请来的，可以保平安、化戾气。"

祝义说："人家去西藏是洗涤灵魂，你去西藏是被洗脑了吧？这个你也信。"

王安全说："信啊，对你好的我都信。"

祝义笑着说："小哥，请你放尊重点儿，我是结过婚的人了，噗……哈哈哈哈。"

王安全也跟着笑了起来。

一年后，因为祝义业绩突出，经过董事局商议，祝义正式成为副总经理，王安全依然担任助理一职。

升为副总经理后祝义才发现，要做的是维持原副总经理手里的客户源。因为级别的关系，这批客户多以大型企业或合资企业老总为主，不同于之前的小客户，全都是得好好伺候的主。因此，祝义的工作重心从谈转到了陪上来。

陪什么？陪喝酒。

祝义怕不怕喝酒？不怕。

祝义不怕谁会怕？王安全会怕。

王安全为什么怕？因为祝义渐渐开始有酒瘾了。

14

王安全开始留意到，祝义赴饭局的频率越来越高。因为他能喝又能说，很多老总都觉得他是酒局上必不可少的开心果，即便不谈公事也会找祝义喝酒。祝义刚开始时是发愁，想着办法躲，可慢慢地他就变被动为主动了，一天不参加酒局就浑身不舒服。他已经习惯了热闹的气氛、大呼小叫地拼酒，以至于有时候和王安全或者和刘君君单独吃饭会莫名地觉得不适应。

王安全私下对祝义说："你不能再这样喝了，太伤身了。"

祝义说："我也不想呀，可就是控制不住。"

王安全问："为什么呢？"

祝义沉默不语。

这时电脑里传来周星驰的声音："你有没有曾几何时觉得空虚觉得寂寞觉得冷？"

祝义说："对！直击人心哪！不找人喝酒我就会觉得空虚觉得寂寞觉得冷。"

王安全说："你一个有家的人，空虚个屁，寂寞个蛋蛋，冷个毛！"

祝义一愣，一脸“卧槽”地看着王安全，因为这是王安全第一次对自己发飙。

王安全又低声说了句：“你自己想想吧，你每次喝大了，最后陪着你、照顾你的是谁？”

王安全说完转身走出了祝义的办公室。

祝义看着王安全的背影，突然不知道从哪里冒出一股内疚。

15

祝义仔细回想了一下这段时间的生活，发现自己的确出了点儿问题，首先是身体上。以前喝酒很少醉，就算醉了，第二天也像没事人一样。可现在几乎天天醉，第二天起来宿醉得厉害，头痛、胃痛、没胃口，哈欠一个接一个，看起来就像个瘾君子。

再仔细回想一下，每次酒局陪自己到最后、照顾自己的是谁？

必须是王安全。

有次祝义喝多了，直接躺在地上睡着了，拉都拉不动。王安全不敢离开他半步，就坐在一边等着他醒来，一直等到早上六点多。

有次祝义喝多了，拿手机当汽车遥控钥匙，按了半天没反应，停车场管理员过来看怎么回事，祝义差点儿和人打起来。又是王安全第一时间赶到现场，赔礼道歉不说，还被讹了压惊费，才把祝义带走。

还有一次祝义喝多了，第二天起来发现全身上下又疼又酸，去卫生间一看，发现身上全是瘀青，后来问王安全才知道，是在酒吧门口招惹了小混混被打的。

总之想来想去，祝义发现没有一次喝完酒不出事的，没有一次出事酒友在身边陪着，没有一次不是王安全来给自己善后的。

祝义明白看着王安全的背影而萌发的内疚是哪里来的了。

这时电话响了，祝义接起电话，是王安全。

王安全说："祝总，刚刚茂森的顾总打电话来问你今天晚上七点有没有空，说是约了另外几个老总尝新酒。合适的话，代理权就给我们。"

祝义说："嗯，我想一下。"

王安全说："好。"

祝义说："安全，有什么冠冕堂皇的理由可以不喝酒？"

王安全说："备孕。"

祝义说："好办法。"

16

祝义找了个备孕的由头，终于不用再应酬了，酒瘾也慢慢退了下去，整个人感觉比以前精神多了，也舒服多了。当然，应酬还是要去的，毕竟除了喝酒，祝义暖场造气氛还是有一手的。祝义为此专门招聘了一个副手陪着自己，所谓的副手说白了就是个酒公关。

过了几个月，祝义突然意识到自己被套住了。

祝义对王安全说："我发现备孕这个借口有个巨大的bug[①]！"

王安全问："什么bug？"

祝义说："人家备孕最多半年，少则几个月，这个借口我不能一直用下去啊。半年后要是君君还没怀孕，我尼玛不就成不孕不育啦？"

王安全说："简单呀，那你就真生一个呀。这样你借口就更多了，嫂子怀孕你要照顾吧？嫂子待产你要照顾吧？宝宝出生了你要帮忙照顾吧？多的不说，借口能管个小三年呢。"

祝义一脸惊讶地说："卧槽！这尼玛下了好大一盘棋啊！"

王安全说："人生在世本就是一盘棋呀。生意也好，生活也好，强者是棋手，弱者是棋子。"

祝义的眼睛和嘴巴变成了三个"O"，半天才恢复原状，说："这是你说的？"

王安全说："我哪有这个本事呀，是西藏一个师父说的。"

祝义说："牛×。"

17

几个月后，刘君君真的怀孕了。

在这之前，祝义如愿用自己赚的钱举办了婚礼。至于婚房，最终没执拗过父母，住到了他们早就准备好的房子里。但祝义和刘君君都

① 即漏洞。

有言在先，只算是租住，每个月交房租。

刘君君怀孕大约五个月的时候，王安全提出辞职。

祝义问："怎么好好的不干了呢？"

王安全说："我发现我迷上西藏了，我想去那边支教。"

祝义说："那……你爸妈怎么办？你不是要……"

王安全说："我想通了，他们可能更习惯住在老家吧。毕竟住了大半辈子了，亲朋好友也都在那里。故乡故乡，只有故地才最香呀，呵。"

祝义拍了拍王安全的肩膀，说："好吧，既然你决定了，我也不拦你。这样，你把你老家的地址给我一份，我有空帮你回去看看二老。你自己一个人在外面要注意安全，好好照顾自己。"

王安全说："好。"

王安全把老家地址写在了辞职信的背面。

祝义说："对了，想起来一件事，一直忘了问你。"

王安全说："什么事？"

祝义说："当年你打胡峰的时候，嘴里念念叨叨的，什么词？"

王安全笑了笑，说："你还记得呀？"

祝义说："太顺口了，而且你跟复读机一样一直念，我完全被你洗脑了。到底是什么意思啊？"

王安全说："我老家的咒语，诅咒胡峰这辈子生不出孩子。"

祝义说："卧槽，这么狠！灵不灵啊？"

王安全笑了笑，说：“灵的。”

18

刘君君给祝义生了个儿子，名字叫祝福。

小祝福满月的时候，祝义买了些营养品，拎着红鸡蛋，带着祝福的满月照去了王安全的老家看望王安全的父母。

祝义和王安全的父母聊了很久，又给他们看了看祝福的满月照，王安全的妈妈看着照片，不自觉地红了眼眶。

王爸爸说：“好好的你哭啥嘛。”

王妈妈抹了抹眼泪说：“我高兴呀。”

祝义说：“安全是我的干弟弟，二老就是我的干爸干妈，我儿子就是你们的干孙子。等他长大了，我带他来看你们。什么时候你们想孙孙了，就来城里看我们，好不好？”

王安全的爸妈点着头，说：“好，好呀。”

祝义说：“对了，我忘了问安全在西藏那个学校的地址了，干爸干妈写一个给我吧。”

王爸爸一拍脑门儿，说：“哎呀，你不提我差点儿忘了。”

王爸爸去里屋拿了个布包出来，递给祝义，说：“这是安全临走前让我给你的。”

祝义接过布包，打开，里面是一本带锁的笔记本。

祝义仔细看了看，没找到钥匙，就问："安全没把钥匙留下吗？"

王安全爸妈对视一眼，摇了摇头。

祝义说："行吧，我先带回去，等安全回来我再问他要好了。"

王爸爸笑了笑。

祝义说："天也不早了，我得回去了，以后再来看望你们。"

王爸爸说："没事，安全说你平时可忙了，不用惦记我们。"

祝义说："哎，干爸干妈，你们多多保重呀。记着你们在城里还有个儿子，还有个孙孙。"

王爸爸说："哎，记住了。"

王妈妈背过身去，偷偷抹眼泪。

祝义走了没两步，又转回头说："对了，干爸，有句话我想请教您一下。"

王爸爸说："可别说请教，有啥你说吧。"

祝义根据记忆把王安全打胡峰时说的话背了一遍，然后问："这句话是什么意思呀？"

王爸爸愣了下，说："这话可不好呀，是安全说的？"

祝义说："嗯，他……有天说梦话我听见的。"

王爸爸说："别问了，总之这不是好话。"

祝义想起王安全的解释，就没有再追问。

19

回到家里，祝义看着笔记本发呆。

刘君君问："怎么了？"

祝义说："安全留给我一本带锁的笔记本，但没给我钥匙，我在想怎么在不破坏锁的情况下打开它。"

刘君君说："那只能用钥匙了。"

祝义叹了口气，说："再说吧。"

20

香港来了个客户，祝义亲自开车去接。

从机场回城的路上，客户突然问祝义："祝总也信佛吗？"

祝义说："不信呀，您怎么问到这个了？"

客户笑着说："祝总真会说笑，您不信挂着这个做什么？"

客户边说边拨了拨挂在后视镜上的铃铛。

祝义说："哦，这个呀，您误会了，这是我兄弟从西藏给我带回来的，挂着当个念想。"

客户惊讶地说："西藏？祝总您说笑话的水平好高呀。这上面刻的明明是汉传佛教的《大悲咒》，怎么会是西藏的呢？"

祝义突然一脚刹车。

铃铛丁零作响，和当初一样清脆，只可惜坐在身边的是个香港人，而不是王安全。

客户惊恐地问："发生什么事了啊？"

祝义伸手拿起铃铛，慢慢抬起，一把钥匙静静地躺在铃铛里。

不言不语。

21

笔记本躺在祝义怀里。

祝义躺在车里。

车停在湖边。

月悬在半空。

祝义翻开第一页，六个字，仿佛听见王安全说："祝义，好久不见。"

祝义翻开第二页，五个字，仿佛听见王安全说："祝义，对不起。"

祝义一页页地翻看笔记本里的内容，身边空无一人，但似乎总能听见王安全说话。

22

笔记本里的王安全说："三岁那年夏天，光溜溜的我跑去帮爸妈喂鸡。呵呵，说来你可别笑，可能大公鸡把我的小鸡鸡当作虫子了吧，狠狠地啄了几口。当时我又惊又痛，足足在家里躺了三天才好起来。你说，鸡鸡何苦为难鸡鸡呢？

“我爸妈是山里人，没什么文化，看我好了也就没当回事了。可到了我发育的年纪才发现，小鸡鸡永远只会是小鸡鸡了。说直白点儿，我没有生育的可能了。也许在大城市完全有挽救的机会吧，可我们这里只是小山村，我只能认命。还记得当时村里的孩子们编了顺口溜笑我，他们说：‘安全安全真可怜，小鸡长成一条线。对不起你爹，对不起你娘，给你块好田也种不出粮。你爹死了，你娘死了，老来你一个人守空房。’

“祝义，还记得我说打胡峰的时候念的是咒语吗？其实就是这段顺口溜的后半段：对不起你爹，对不起你娘，给你块好田也种不出粮。你爹死了，你娘死了，老来你一个人守空房。”

看到这里，祝义一下子明白了王安全自始至终的恭卑里有一道常人所无法理解的重墨。就像此时半空中渐渐拢向月亮的乌云，让月亮透不出光亮，让人透不过气。

23

笔记本里的王安全又说：“看见刘君君的那个下午，其实我和你一样动心。但我没有选择，我只能告诉你我不喜欢女人。我没有让她幸福、快乐的能力，所以我只能放弃追求她的资格。也许你会觉得我很蠢，但我觉得我找到了属于我的爱的表达方式。记得有句话说，陪伴是最长情的告白，那么对于我来说，守护是最沉默的陪伴。所以祝义，我想再对你说一次：‘对不起，谢谢。’”

祝义长长地吐了口气，摇下车窗，点了根烟，趴在车窗框上抬头看了看天空，乌云正在渐渐散开。祝义看见月亮里有棵树，树下有个刘君君，刘君君正在和祝义说话，远处坐着王安全，王安全说：“我也来感觉了。”

小饭馆里，刘君君看着电视，王安全看着刘君君。突然刘君君看电视的表情变得黯淡，王安全顺着刘君君的目光看向电视。

电视里的教授正在给女大学生钱，他说：“孩子的事你自己解决，名声对你我来说都很重要。”

王安全再次看向刘君君的时候，刘君君倒了满满一杯啤酒，一口喝了下去。

后来刘君君醉了，一直哭一直哭，一直哭到睡着。

祝义说：“卧槽，不会是哭脱水晕过去了吧？”

陈娟说：“肯定是醉了睡着啦。她从来不喝酒的。”

王安全看着刘君君，刘君君喃喃自语：“宝宝，再见。胡峰，浑蛋。刘君君，浑蛋。”

王安全有种说不出的心疼。

祝义关上车窗，把笔记本翻到下一页。

24

笔记本里的王安全说："对我来说，孩子是个敏感的词，所以我能理解刘君君的感受，所以我会打胡峰打得那么狠。还记得看完《堕胎》那晚我问你：'要真是呢？那你还追刘君君吗？'你想都没想就说：'追啊！为什么不追？'从那一刻开始，我的心里就有了明确的答案，你是这个世界上唯一值得我信任、唯一值得我把刘君君放心托付的人。"

祝义的脑海里闪过两个画面。

王安全出院后，刘君君请客那晚，陈娟问王安全："你怎么比祝义还拼命呀，你不会也……"

王安全愣了下，说："没有没有，祝义是我兄弟呀，我看不得他吃亏。"

王安全看着刘君君和祝义手牵着手的背影，说："我看不得她吃亏。"

祝义一手搂着王安全，一手搂着刘君君，说："别光嗯啊，你也不祝福祝福我们。"

王安全看着结婚证，说："祝你幸福。"

祝义说："不是我，是我们。"

王安全看着结婚证，说："哦哦，祝你们幸福。"

啪嗒一声，一滴眼泪落在了笔记本上。

祝义赶紧擦去纸上的泪，不言不语。

25

笔记本里的王安全继续说：“原本你们结婚了，我就准备把这个本子送给你然后离开，没想到你有了酒瘾。记得你上学的时候就这样，让你少喝点儿，你说你有数。我说：‘你没数，瓶子有数。’记得我唯一一次对你发火吗？”

祝义回想了一下，是在办公室里那次。

王安全说：“你一个有家的人，空虚个屁，寂寞个蛋蛋，冷个毛！”

笔记本里的王安全又问：“还记得我最后说的话吗？”

祝义回想了一下，是在办公室里那次。

王安全又低声说了句：“你自己想想吧，你每次喝大了，最后陪着你、照顾你的是谁？”

笔记本里的王安全说：“知道为什么每次你喝醉我都在你身边吗？是刘君君拜托我的。她心疼你，但又怕伤你的面子，她知道一旦她出面，你就会被人说是‘妻管严’，会影响你日后的应酬，所以她只能找我帮忙。

“每次你出去喝酒，她都会守着电话，直到我告诉她你安全到家了，她才放心睡觉。甚至有几次都是她连夜跑来帮你打扫满是呕吐物的厕所，洗掉满是呕吐物的衣物，忙完才和我一起离开。

“祝义，现在你知道我为什么会发火了吧？她心疼你，可我心疼她呀！

“还记得有次你酒醒发现满身都是伤吗？我说你喝多了被小混混打的。对不起，我撒谎了，这事刘君君也不知道。其实是我打的。你那天居然吵着闹着要和顾总一起去夜总会找小姐！你知道那会儿刘君君在干吗吗？她发着高烧守着电话等你的消息。那段时间我对你失望极了，尤其是那天。你让我感觉把所有的钱都买了一张彩票，结果别人告诉我，我买了张假彩票！所以除了打你一顿，我实在找不到别的发泄方式了。还是那句话，刘君君心疼你，我心疼她。”

祝义又长长地吐了口气，视线有些模糊。他隐约看见那天王安全在办公室里发完火，转身走了出去。

祝义看着王安全的背影，突然不知道从哪里冒出一股内疚。等王安全回过头来，祝义才发现，原来是脸上挂着泪水、表情担忧的妻子——刘君君。

26

不知不觉笔记本翻到了最后一页，王安全说了最后一段话：“也许有一天你会发现，我根本就没有去过西藏。你也不用试图到西藏来找我，你找不到我的。你别失望，也别难过。人们总是把离别和悲伤画等号，在我看来并不一定。我离开的时候，刚好是你和刘君君最幸福的时候，这样想来，我觉得离别对我来说是值得高兴和庆贺的。所以你看，离别的定义不在于它本身，它仅仅是个名词而已，是快乐还是悲伤取决于我们用怎样的情绪去看，去读，去理解。

“记得我曾经说过，人生在世本就是一盘棋呀。生意也好，生活也好，强者是棋手，弱者是棋子。现在回想起来，如果说爱情也是一盘棋的话，那唯一的棋手只会是老天爷，而我们都是棋子。爱人是帅是将，是唯一且不可取代的，而我们是其他的棋子，兵也好，马也好，炮也好，士也好，不用去计较角色的身份高低，我们所要做的都一样，就是拼命去守护爱人。

“爱情是盘棋，是盘没有输赢、要么继续要么终结的棋，我是个不起眼的小兵。所以祝义，请带着我的那份爱继续好好爱刘君君，好不好?

“祝义，请你务必快乐，这样刘君君才会快乐，这样我才会快乐。

“祝义，请原谅我对你的好里夹带着私心。

“祝义，对不起，谢谢。

“祝，安顺。”

27

把我送到家门口时，我和祝义各点了一支烟。

我问：“王安全就这样不见了？”

祝义吐了口烟，点了点头。

我问：“你能理解王安全的想法和做法吗？你会不会觉得和刘君君在一起完全是王安全一手安排的？”

祝义笑了笑，说：“呵呵，你不会懂的。没有人比安全更了解我，我也能理解安全的想法和做法。就像我当年坚持要给我爸妈房租，说起来也算是强迫症吧，我生怕别人不认同我，认为我是因为依靠父母才有今天的。”

我点了点头，说：“懂了。对了，还没见过你儿子呢，有照片吗？”

祝义说：“有呀，我给你啊。”

祝义点开手机相册，里面有个文件夹，全都是他儿子的照片。

文件夹的名字叫“祝安顺”。

我问：“你儿子不是叫祝福吗？”

祝义说：“改了。祝安顺比祝福大气，你说呢？”

我说：“嗯！”

28

陪伴是最长情的告白，而守护是最沉默的陪伴。

谈一场恋爱，就像下一盘棋，我们都是棋子。无所谓角色高低，哪怕只是不起眼的小兵，唯一要做的就是守护你最爱的人，那个唯一且不可取代的人。用你觉得快乐的方式就好。没有所谓输赢，只有继续或者终止。

祝，安顺。

小沫的三点一线理论

人总是在渴望爱情或者失去爱情的时候，才会去思考。

1

下楼吃饭的时候刚好碰到刘姐下班回来。

我说：“刚下班呀，刘姐。”

刘姐说：“你呢？刚起床啊？”

我说：“刘姐，我们还能不能愉快地聊天啦？”

刘姐笑着说：“逗你玩哎。对了，你是不是写东西啊？”

我说：“是呀，怎么啦？”

刘姐说：“我听到一个蛮有意思的词，回头有空跟你聊聊啊。”

我说：“好啊！先透露一下是什么词啊。”

刘姐说："是我们单位的小沬丫头发明的，叫'三点一线'。你先去吃饭吧，吃完来找我，我说给你听。"

我说："好。"

2

晚上拎了点儿水果去刘姐家，刘姐正对着电脑玩连连看。

刘姐说："随便坐，别客气，我玩完这把马上就来。"

我说："好。"

一转眼三十分钟过去了……

我说："刘姐，你这匹马太高了吧？一匹马要上三十分钟呀。"

刘姐说："哎哟，你看，我太投入了，都忘了你在了，来了，来了。"

刘姐说完坐到我边上，开始说关于"三点一线"的事。

3

小沬看着心跳检测仪发呆。

"想什么呢？"我轻轻推了她一下问。

她回过神来看向我，问："刘姐，你知道什么是三点一线吗？"

我愣了下，心里想这一定又是网络上的什么新词，肯定不是原来的意思。所以我摇了摇头说："丫头啊，你说的肯定不是原来的意思，对吧？"

小沫笑了笑，说："走，咱出去聊。"

回到护士台，我低下头整理晚上的药单。小沫端起杯子喝了口水，然后在我边上坐下，头靠在我的肩膀上，轻轻地叹了口气。

"要是有爱情检测仪多好。给你的爱人一接上，你就能看出你们的爱情是活着还是死了。活着的爱情就像心跳线一样，起起伏伏，死了的爱情就是一条直线了。哎，刘姐，你说要真能那样多好，省得瞎耽误工夫耗着。"

小沫边说边坐直身子看着我，那对大眼睛特漂亮，我要是个男人，我也爱。

"小丫头，又瞎琢磨什么呢？哦，对了，"我放下手里的药单看向小沫，"你昨天给他打电话了吗？"

小沫点了点头，表情一下子黯淡下来，说："嗯，三点一线了。"

"来，给刘姐说说，到底什么是三点一线？"

"我昨天给他打电话前特别紧张。算起来分开也快一年了，所以真不知道用什么做开场白比较合适。后来想，有什么开场白不开场白的，想说什么就说什么呗，太做作了反倒显得假了，你说是吧？"

我点了点头。

"我拨通了他的电话，没多久他就接了，没等我说话，他先说了句'您好'。刘姐，你知道吗，当时我所有的勇气一下子就泄了一半。他为什么说‘您好’？为什么不是‘是你呀，你还好吗’或者随便别的什么？偏偏是‘您好’。这句‘您好’意味着什么？意味着我的号码已经被他删了，不但删了，就连记都不记得了。可我呢？就算换了手机，也还是习惯性地第一个存下他的号码。”

我摸了摸小沫的头，说：“嗯，你不说，我还没反应过来。”

小沫叹了口气，接着说：“这是第一点。后来聊了一会儿，他说：‘有空的话一起吃个饭吧。’我说：‘好啊，我现在就有空。’他说：‘那就一会儿见吧。’我半开玩笑地问：‘老地方吗？’他愣了下，说：‘嗯，老地方。’然后……”

“然后他去错地方了？”我问。

“不不，刘姐，你错了，那是狗血电视剧里才会有的情节。他没去错地方。他还说那地方他常去，因为牛排的口味很好，全城难得有这么好吃的牛排，所以只要有人提议吃牛排，他一定会建议去那家。你知道吗刘姐，他说的这些话，基本上把我想要复合的情绪完全吹散了。”

“让我想想啊……算了，你还是直说吧，问题出在哪里？”我起身给小沫倒了点儿水，然后又坐下来看着她。

“睹物思人，触景生情。你知道吗刘姐，和他分手以后，那家店我一次都没去过，我不敢去。我怕一进去脑子里就会自动重播那些和他在那里的片段，我接受不了。我知道，我会这样是因为放不下。所以我知道，他能毫无顾虑地去，是因为放下了。这是第二点。”

我说："嗯，你这么说的确也有些道理。我年轻的时候也有这样的经历，不过我没你这么有常性。来，你接着说。"

小沫端起杯子喝了口水，问："刘姐，你和陈大夫出去玩的时候，如果你口渴了，陈大夫给你买了瓶水，水递到你手里的时候，盖子是拧开的还是原封不动的？"

小沫这句话还真把我弄迷糊了，我从来没注意过这个细节，所以我花了一点点时间回想了一下，说："拧开的。"

小沫说："对嘛，一般情侣都是这样的。我和他要好的时候他也这样，可昨天就不一样了。昨天去的时候因为人满了所以得排队，排了一会儿他问我：'你要不要喝水？'我说：'好。'他就去对面超市买了瓶水，然后原封不动地递给了我。从那一刻起，我决定，只简单地叙旧吃饭就好了，复合的事就算了。这点和之前的两点连成了一条直线，那就是我和他的爱情彻底死亡的标示线。如果我们的爱情有心脏，那它一定停跳了。这就是我刚才说的三点一线。"

小沫说完耸了耸肩，然后长长地吐了口气。

这时护士铃响了起来，小沫看了看显示屏，又看了看桌上的记录单，起身去后面的药房取药了。

4

我问刘姐："后来呢？"

刘姐说："还能怎么样啊？没复合哎。我刚才边玩连连看边回想小沫的'三点一线'，我发现人总是在渴望爱情或者失去爱情的时候，才会去思考。就像我玩连连看一样，有的明明看起来就是一对，可是点完才发现，还有更合适的。想要后悔吧，时间不够了；不后悔吧，接下来的路走不通了。"

我笑了笑没接话。刚听完，还没来得及消化，也许刘姐说得有道理吧。

刘姐又问我："这个'三点一线'，说起来有点儿意思。不过这算不算网上说的贱人就是矫情的一种表现呢？"

我说："哟，刘姐你蛮潮的嘛！"

刘姐说："对啊！都潮出风湿了，也是蛮拼的吧？"

5

晚上临睡前想起小沫的三点一线理论，又想到刘姐问我的问题，于是发了条微博：当男人恋爱时，感知会无限扩大，就算是一粒微尘也能看出个湖光山色来；而当女人恋爱时，感知会无限缩小，就算是一座大山也能成为催泪的沙砾。因此恋爱中的男人，眼中处处美好，个个是诗人；而恋爱中的女人，眼中处处细节，个个是侦探。别嘲笑他们的异常，只不过是投入而已，谁都一样。

将次先生的一封信

烦恼和快乐大多是假借他人之手，却又自产自销。

1

2007年到2012年间，我主要写惊悚、悬疑与怪谈类文章。之前写过一篇关于海女的怪谈，被留学日本的好友帮忙拿去参加一个比赛，意外获得第二名，并三个月蝉联读者好评赏总榜（类似于最受读者欢迎奖）第三名。因此认识了作为评委之一的平田将次先生，一个六十岁出头的可爱可敬的老爷子。将次先生是个中国通，我们交流起来几乎没有问题。

还记得获奖后不久我就收到了将次先生的邮件，基本内容除了夸奖就是鼓励。受宠若惊之余赶紧给老爷子回复邮件，就这样一来二去，我们成了未曾谋面的熟人。

2

不记得从什么时候开始，约稿信件变得频繁起来。除了小说，还有电视剧和电影剧本的合作邀约。按理说是值得高兴的事，但不知道为什么，我总高兴不起来，因为我实在不知道这些人是从哪里打听到我的联系方式的，更重要的是，这些人似乎对我的作品知道得很少。

说到底，这可能是我内心的不自信造成的。

于是我把自己的疑惑告诉了将次先生，很快便收到了将次先生的回复，全文如下。

3

耀一君：

见信即安。

关于你的疑惑，我实在不知道从何说起，真是抱歉。你知道的，我只是讲故事比较在行。那么，我给你讲个故事好了。这个故事发生在三十年前。

应该是喝了酒的关系吧，道德啊、底线啊什么的全都忽略不计了。现在脑子里满是传说中那个22号的样子。

22号到底长什么样子呢？在见到她之前，有一百种可能，甚至更多。

“所以您还是决定去见识一下了，对吧？呵呵。”

坐在我对面的大野擦了擦额头上的汗，然后一口干掉了满杯的清酒，并发出“啊”的一声，之后又满脸堆笑地看着我。

大野是向日葵电影公司的制片之一，我的金主。

嗯，是这样的，呵。

我点了下头，随手将烟头掐灭。脑子里突然响起里绪的声音：“还是少抽点儿烟好，为了我，也为了你自己，好吗？”

大野叫来服务生埋单，之后起身拍了拍我的肩膀，说：“走吧，带你去见识下传说中的22号，哈哈哈。”

我赶紧起身，然后又点了下头，并保持着低头的姿势，说：“那就拜托您了。”

“男人嘛，大家心照不宣的。放心吧，我推荐的绝对不会错，哈哈哈哈。”

“是的，我完全明白。”

大野走了几步后突然停下，转头看向我，说：“对了，这次算我请客好了。费用的话，你完全不必担心会从剧本的稿费里扣除。唯一的条件是，下周五务必准时交稿哦，将次大师。”

听到“大师”两个字，我赶紧对着大野深深鞠了一躬，以表达“愧不敢当”的情绪，说：“请您放心，我一定准时交稿。”

“那就赶紧走吧，去晚了的话，说不定22号就是别人的了，她可是很抢手的哟，哈哈哈哈。”

大野说完大步向店外走去。我紧随其后。

22号的确很抢手，以至于当她出现在我面前的时候，我的酒基本上已经醒了。其间里绪还发来了几条短信，和我聊了些家中的琐事。其实也没有什么要紧的事，只是发发牢骚，顺便表达一下对我的思念罢了。

“真是抱歉呢先生，让您久等了。”

22号边说边对着我深深鞠躬。

说实话，我的审美已经算是比较普通的那种了，即便如此，我也完全看不出22号有什么特别的地方。无论长相还是身材，她绝对属于路人一类。不好看，也不难看。可是为什么她会如此抢手呢？只剩下一种可能性了，那就是她的性爱技巧有独到之处。

…………

啊啊，真是遗憾啊，22号的性爱技巧也完全没有独到之处，至少我是这样觉得的。

按照这里的规定，在“小姐”提供完性服务后，会有十到十五分钟的回流时间。所谓的回流时间，就是和客人做些类似问卷调查那样的对话，以改进之后的服务。大多数“小姐”会设法利用这段时间给自己加分，并顺便索取联系方式，希望可以增加一些回头客。

在这短短的时间里，22号只是随便和我聊了些有的没的，完全没有索取电话号码的意思，这点倒令我有些意外。其实在交谈的过程中我就发现，22号的性格算是比较诚恳的那种。在这个行业里，这样的性格倒是少见得很。因此我直言不讳地问她，以她的条件，为什么会如此抢手。22号对这个问题似乎早就准备好了答案，提出这样质疑的人，我不是第一个吧？

“来这里就是寻开心而已。说到服务的话，我们这里所有的人都是从同一个培训事务所出来的，所以技巧啊，服务啊，态度啊，几乎都是一模一样的。要说区别的话，也只有长相啊，身材啊，还有声音，这些自然条件了吧。”22号面带微笑说。

“嗯，应该是吧。所以呢？”我问。

“我的长相也好，身材也好，就连说话的声音，都算是中等吧？”

“嗯，是的呢。”

“所以啊，反正又不是来找交往对象，很少有客人会有特别高的要求。都是相同的服务时间，大家的技术也都差不多，干吗要花冤枉钱找那些长得好看的呢？坦白地说，在这样的灯光下，也不太能看清楚对方的样子吧？如果真的对长相、身材什么的有很高的要求的话，可以去银座或者六本木那样的地方啦，何必来这种小地方呢？”

我点了点头，的确是这样的。

“说起来，起初我也有些骄傲呢，以为是自己的长相或者身材比较出众，才会如此受欢迎。可当离开这个房间，大家都聚集在等待室里的时候，我才看清楚自己，或者说看清楚真相。那里的灯光可不像这里这样昏暗呢。其实啊，我根本只有一张路人脸而已，之所以抢手只是因为我——便——宜。这种便宜是相对的，但刚好满足了大多数客人的要求，长相、身材什么的说得过去就好，反正只是短时间的娱乐放松而已。自己满足就好了，又不会成为炫耀的资本。这个应该就是所谓的性价比吧？呵呵，性价比这个词放在这里好像很合适呀。”

22号边说边笑了起来。我看着她，有种似曾相识的感觉。

…………

坦白来说，写小说与写剧本还是有一定差别的。虽然我的小说算是好卖，但是对于剧本来说，我完全是一个门外汉。不知道大野先生是通过怎样的渠道找到了我的联系方式，至今他还只是说通过一个“朋友”，而这个“朋友”姓甚名谁，他没说过。

“将次大师啊，您的小说我都拜读了。您完全是个天才嘛，所以这次剧本就拜托您了。”

“可是剧本我完全没有接触过呀。”

“没关系啦，只是格式上的区别而已。我给您一些以前的剧本看看，很容易上手的。”

“这样啊，真的可以吗？”

“一定可以的。以您的才华，这是绝对没有问题的。坦白地说，原本公司是想找平原彻来写的。平原彻您一定知道吧？”

“啊啊！是那个被称为鬼才的平原彻吧？他的《黑白世界间的行走》和《致辞吾爱》可是我最爱的两部电影呢！”

“原来将次大师也喜欢他啊。所以说，您看，在我心中，您和他是一个级别的哦，说不定还有超越他的可能呢。”

“这个……”

“好啦好啦，将次大师，就这么愉快地决定吧。哦，稿费方面，您有怎样的要求呢？”

“我完全不懂啊，所以稿费方面就请大野先生决定好了。”

“嗯嗯，明白了，那价格回头我一起写在协议里。只是可能不会太高哦，因为无论怎样，剧本方面您还是新人，对公司我得有个交代，希望您能理解。”

“嗯，完全明白，给您添麻烦了。”

“啊啊，哪里的话，将次大师您还真是客气啊。”

现在回想起来，当时通话结束后，我的确有种轻飘飘的感觉，想着鬼才平原彻竟然会被我这个新人顶替掉，应该是我真的很优秀的缘故吧？但在听完22号那番话以后，我对之前的想法产生了怀疑，也许这就是我感觉22号似曾相识的缘故吧。

…………

太阳悬挂在阳台正上方的时候，大野先生打来电话。

我接起电话，不自觉地问了一句：“您让我参与剧本创作，是因为真的觉得我优秀，还是因为我性价比比较高呢？说直白点儿就是，因为……我便宜。”

故事就说到这里好了。说完以后我才发现，原来我当年也有和你一样的困扰呀。不过幸运的是我走出来了，希望你也一样。

祝安顺。

平田将次

4

我现在偶尔静下心来，依然会时不时想到这个故事。其实这样的疑惑不只出现在工作上，感情上也是一样，我们常常会莫名出现类似“我这么普通，对方怎么就看上我了呢”的想法。也许你也有过这样的不确定吧？也许是源于不自信，也许是源于猜测，又或者源于别的什么原因。

现在想来，想要摆脱这样的困扰其实很简单：当别人都不拿你当回事的时候，你要拿自己当回事；当别人都拿你当回事的时候，你别太拿自己当回事。

所以你看，烦恼和快乐大多是假借他人之手，却又自产自销。

王双

很多事有时候你看着是个 bug，其实是个彩蛋。有时候则恰恰相反。

王双最喜欢做的事就是看片。他看过无数的片，什么类型的都有，但他无法完整复述出其中的任何一部，因为他有病，我称之为“路人关注症”。

所谓路人关注症，就是说，他在看一部片的时候，只会记住路人角色的脸，却完全记不住主角或者配角的脸。打个比方，你随便回想一部你看过的片，我打赌你无法想起剧中路人的脸。别说路人，就算是有点儿台词的龙套的脸，你都无法想起，比如《大话西游》里被打脚底板的那个无腿老先生的样子，你能想起来吗？记住这个感受，王双回想每部片里的主角时，都是这样的感受。

所以，和王双聊一些看过的片是一件挺有意思的事，因为他能说出另外一个故事，与剧情本身可能毫无关联，但又是实实在在存在的。

我和王双聊过他的病，王双不想治，他说："老天让我摊上这个病，一定有它的用意。很多事有时候你看着是个bug，其实是个彩蛋。有时候则恰恰相反。"

因为看片很多的关系，王双成了一名枪手，专门帮一些量产型的影视公司写剧本。王双说："国产电视剧不好看是有原因的。现在很多公司把'质量'分成两个字来解读，他们只要量，不要质。所以我在做的事不是写剧本，而是刷剧本。"

王双前前后后刷了十多部电视剧，不但没有名利双收，还宅出了一身毛病。王双他爸说："你赶紧找个媳妇吧，说不定什么时候就把自己刷死了，好歹给老王家留个香火。"

王双不同意，他觉得这样是对未来的媳妇不负责。后来，王双还是拗不过他爸去相亲了。

王双没有看上相亲对象，倒是看中了窗外一个等人的姑娘。王双知道，自己又发病了。

等人的姑娘叫陈枚，那天约了男朋友给他庆祝生日，可最终只等来一条分手短信。

王双走出餐厅的时候，陈枚还站在原地，呆呆地看着前方，一言不发。王双想要上前搭讪，但不知道该说什么。这时候老天帮了王双一个忙，陈枚晕倒了。

后来王双才知道，那天下午陈枚刚刚做完人流手术。

就这样，王双和陈枚认识了。

陈枚也有病，焦虑失忆症。一旦处于焦虑状态就会失忆，忘记与焦虑内容有关的事。后来听说这是陈枚高考时落下的毛病。当年她想和初恋考进同一所大学，所以拼命复习，生怕落榜。可最终在考试的时候，这个可怕的焦虑失忆症初次发作，她忘记了所有复习的内容，只好复读。与此同时，初恋和她分手了。当然，和上不上大学没关系，那家伙早就移情别恋了。

接下来落入了很俗套的剧情，陈枚和王双从普通朋友发展成了恋人。第一次投入地去爱一个人，王双的路人关注症莫名其妙地好了。同样，由于王双无微不至的呵护，陈枚也再没有为什么事焦虑过，她的病也不治而愈了。

王双说得对，很多事有时候你看着是个bug，其实是个彩蛋。有时候则恰恰相反。

Chapter 5
再远也远不过生死

真实而美好的爱情并不容易察觉到幸福与甜蜜，因为在生活中这一切稀松平常。两人一起经历春夏秋冬、酸甜苦辣。等到老去，把这一生当作童话说给后辈听，即便故事里有生离死别，也会面带微笑。

再远也远不过生死（上）

脑中满是暖暖的回忆与思念，唯独忘记这是第几次恋爱这件微不足道的小事。

1

我喜欢写故事，也喜欢听故事，这是一种必然的联系。

我到现在还记得自己听过的第一个童话故事，是妈妈说给我听的。

这是迄今为止我听过的最有想象力、最温馨，也最伤感的童话故事。我决定把它默写出来和你们分享。

现在是晚上十点，当时妈妈给我说这个故事的时候，也是晚上十点。

那时我躺在温暖的被窝里，希望现在的你也一样。

2

故事发生在一座森林里，这是座很大很漂亮的森林，同时也是座具有传奇色彩的森林。不同于别的森林，这座森林四周的围墙都是用瓷器堆积而成的，精美而坚固。而它另一个传奇之处在于，这里的森林之王不是老虎，而是一条蛇。据说他之前曾和一只猪争夺森林之王的位子，最终，他赢了。

小兔和她的家人就生活在这座传奇森林的东南部。

小兔天生是个运动好手，是东南部网球队的队员之一。

有一天，教练对小兔说："你只要好好努力，就可以代表东南部去别的地方参加比赛。"

小兔想："呀！这样就可以去别的地方看看了，真好！"

于是小兔刻苦练习，成了东南部网球代表队的队员之一。

之后，教练又对小兔说："你再好好努力，就可以代表传奇森林去别的地方参加比赛。"

小兔想："呀！这样就可以去传奇森林以外的地方看看了，真好！"

于是小兔更加刻苦地练习。

可是没想到，突然有一天，蛇大王把传奇森林里的小动物们召集到一起，说："你们都还小，应该多走走、多看看、多学学，尝试做一些你们不曾尝试过的事情。"

小兔不太明白蛇大王的意思，只是觉得可以到处走走看看也挺不错的，唯一遗憾的是，她暂时不能打网球了，更别说去传奇森林以外的地方看看了。

遗憾归遗憾，蛇大王的话是一定要听的。所以小兔只好离开家，去了北边的一个地方，一待就是两年。

小兔回来后才发现，网球队回不去了。

小兔伤心地哭了。

爸爸对小兔说：“别难过，这世上还有很多比打网球更有意义、更美好的事在等着你呢。”

小兔问爸爸：“比如呢？”

爸爸只是笑眯眯地看着小兔，没有说话。

没过多久，小兔认识了憨憨的小牛。

3

和小牛接触久了，小兔发现爸爸说的话是对的。这世上还有很多比打网球更有意义、更美好的事，比如和小牛在一起。

小牛很憨厚，但并不木讷，小兔和他在一起的时候，他总会想办法逗小兔开心：春天在草地上为小兔画像，夏天在湖边为小兔歌唱，秋天用枫叶为小兔做明信片，冬天在雪地里拉着小兔跳舞取暖，等跳到满身大汗的时候，说几个冷笑话降降温，然后继续。

和小牛在一起的时候，小兔总觉得每天的时间至少加快了一倍。

小兔问爸爸："这是怎么回事呢？"

爸爸给了小兔一面镜子，说："你照照看。"

小兔拿起镜子一照，呀，心脏的部位有一朵花开得正艳。

小兔后来才明白，那朵花的名字叫爱情。

又过了一段时间，小兔发现自己越来越离不开小牛了，森林里每一个地方都有小牛的影子，无论有没有太阳都能看见。

小兔问爸爸："这又是怎么回事呢？"

爸爸笑着说："因为你不是用眼睛在看，而是用心在看呀。"

小兔后来才明白，那些特别的影子叫回忆。

有一天，小牛对小兔说："我发现自己越来越离不开你了。"

小兔害羞地说："我也是。"

小牛说："那我们住在一起吧，这样就不用担心会分开啦。"

小兔害羞地说："真的不会分开了吗？"

小牛说："嗯！"

小兔依旧害羞地说："好吧，我答应你。"

小牛抱着小兔，轻轻地说："谢谢你。"

4

小牛把自己的小房子用心装饰了一遍，然后去找小兔来看，却得到一个坏消息，小兔住院了。

小兔因为误吃了一种药，心脏出了很严重的问题。猴子医生告诉小牛，小兔的心脏肿得像个梨子，随时会有生命危险。

小牛看着小兔，心疼得眼泪都掉下来了。他说服了小兔的爸爸妈妈，每天由他来陪护小兔。

小兔醒来那天，看见小牛趴在她的床边睡着了。

小兔推了推小牛，小牛睁开眼睛，眼里布满了红色的血丝。

小兔说："你都快变成我了。"

小牛看着小兔没有说话。

小兔说："我的笑话不好笑吗？"

小牛说："只要你还没好起来，我就笑不出来。"

小兔说："我的心都变样了，你还要和我在一起吗？"

小牛说："我答应过你不分开的，不管你的心变成什么样，我都不离开你。"

小兔抱着小牛，轻轻地说："谢谢你。"

小兔出院后，在小牛的悉心照料下，很快恢复了健康。于是按照之前的约定，小兔搬去小牛家，和他住在了一起。

搬进小牛家的那天晚上，小兔在心里默默祈祷，希望他们能像所有的童话故事的结局那样，从此幸福快乐地生活在一起。

小兔的祈祷不知道老天有没有听见，但是小牛可能听见了。因为，他比以前更加疼爱小兔了。

小兔问："你什么事都想着我，不会觉得累吗？你什么事都迁就我，不会觉得日子很难熬吗？"

小牛憨憨地抓了抓头，说："没有什么日子比你住院那段日子更难熬的了。"

小兔说："傻瓜。"

小牛说："和傻瓜在一起的，也是傻瓜。"

说完，小牛和小兔一起开心地笑了起来，两个十足的小傻瓜。

5

有一天，小兔和小牛吃完晚饭去公园散步。小兔突然意识到，不知道从哪天开始，小牛总是习惯走在她的左边。

小兔问："你为什么总是习惯走在我的左边呢？"

小牛说："因为左边靠外面，会有各种车和疯跑的动物来来往往，我得护着你点儿。"

小兔说："你真好。"

小牛说："应该的。"

小兔后来才知道，小牛撒了谎，一个善意的谎。

小兔因为之前误吃药的关系，不但心脏出了问题，左边耳朵的听力也出现了问题。所以小牛总是走在小兔左边，一是担心她听不清声音出意外，但更重要的是希望她不要发现这个缺憾。小牛知道，小兔是个自尊心很强的人。

到了公园，小兔和小牛看见别人带着宝宝在玩耍。

小牛说："我们也要自己的宝宝吧。"

小兔说："好呀，你希望是男宝宝还是女宝宝呢？"

小牛说："都好呀。如果是个女宝宝，我就多照顾一个人；如果是个男宝宝，就多一个人照顾你。"

小兔害羞地笑着，没有说话。

过了几天，小牛和小兔就去了传说中的山洞，山洞里有个房子，房子里有个神仙爷爷，他负责给小动物们送宝宝。

小牛和小兔把自己的愿望告诉了神仙爷爷，神仙爷爷答应了他们的要求，让他们回去等消息。

在等待宝宝的这段时间里，小牛做过一个奇怪的梦，他梦见一个小房子，那就是自己家的样子。一只巨大的手从天而降，把一只小马放进了屋子，之后却把自己拿了出去。

小牛不明白这个梦是什么意思，他谁也没告诉，一直藏在心里。

之后没多久的一天，小兔和小牛正在吃晚饭，突然有人敲门，小牛开门一看，是神仙爷爷送宝宝来了，一个可爱的马宝宝。

小牛和小兔看着可爱的马宝宝，高兴地流下了眼泪。

小兔又在心里默默祈祷，希望他们一家三口能像所有的童话故事的结局那样，从此幸福快乐地生活在一起。

这次也许小兔的声音太小了，老天爷没听见，小牛也没听见。

6

马宝宝来了以后，小牛更加努力地工作。他说小屋太小了，得换大屋了，因为马宝宝很快就会长高长大，一个不小心也许就把房顶撑破了。他还说要在大屋外面建个花园，里面要种上小兔最爱的花和胡萝卜，这样她一年四季都会有好心情。

就这样，小牛每天怀揣着美好的梦想，努力地工作着。在他的梦想里，有小兔，有马宝宝，唯独没有自己。甚至，他连当初那个奇怪的梦也忘了。

如果忘记的就不会发生，那该多好。

马宝宝差不多一岁的时候，小牛生病了，很严重很严重的病。

猴子医生告诉小兔，小牛要离开传奇森林，去一个很远很远的地方了。

小兔难过地哭了，哭得眼睛比之前红一万倍。

小兔对小牛说："你答应过我不分开的呀。"

小牛说："别难过，这世上还有比和我在一起更有意义、更美好的事。"

小兔说："不会有了。"

小牛说："我们还有马宝宝呀，他会替我继续好好照顾你的，也许比我照顾得更好。"

小兔说："不！你是你，宝宝是宝宝，不一样。"

小牛说："听话，你就迁就我一次，好吗？"

小兔不知道怎么回答，她还能怎么回答呢？如果任性一下就可以留住小牛，那该多好。

在医院里，小兔带着马宝宝陪小牛过了最后一次生日。

吹灭蜡烛，说再见。

7

我对妈妈说："小兔好可怜。"

妈妈说："小兔不可怜，小兔是幸福的。因为有个对她很好的小牛从她的生命里走过，留下了满满的暖暖的回忆，足以照亮她剩下的每一天。"

我说："可小牛毕竟还是离开了呀。"

妈妈笑着说："离开不表示结束呀。小兔和小牛迟早会再见的，在那个很远很远的地方。”

我问：“那故事就这样结束了吗？”

妈妈说：“当然没有结束呀，小兔和马宝宝还有很长的路要走呢。”

我问：“那他们会幸福快乐吗？”

妈妈说：“会的呀，因为马宝宝像极了小牛。”

我说：“这样呀，真好。”

妈妈抱着我，吻了下我的额头，说：“是呀，真好。”

8

听这个童话故事的时候，我还小，还不知道有十二生肖这么一说。

9

之前写了个菜场大妈的故事，妈妈看了以后说：“看你这篇文章的感觉，就像看人的一辈子。开头像初恋，有趣、新鲜；看到中间像结婚了，平平淡淡，再无趣味可言；可看到结尾又像是夫妻两人先走了一个，活着的那个这才想起对方平日里的各种好。哭了，难过了，可有什么用呢？人啊，一旦动了情，没一个不贱的。”

这段话我发在了微博上，但没有写完。

妈妈说："现在回想起来，我真是幸运呀。你爸给了我最好的爱情，一辈子就给了我这一次，一给就是一辈子。所以别去在意什么初恋不初恋，只要两人真心相对就好。爱情不是买房，没有二手一说。再热也热不过初恋，说白了是一种发自内心的真挚与投入。别在意自己是第几次投入，问问自己真心实意付出了多少，别让初恋这个词成了感情路上的路障。"

我说："您这是站着说话不腰疼。"

妈妈想了想，说："哎哟，哎哟哎哟！你一说腰就疼了！你个小炮子乌鸦嘴！"

10

真实而美好的爱情并不容易察觉到幸福与甜蜜，因为在生活中这一切稀松平常。两人一起经历春夏秋冬、酸甜苦辣。等到老去，把这一生当作童话说给后辈听，即便故事里有生离死别，也会面带微笑。脑中满是暖暖的回忆与思念，唯独忘记这是第几次恋爱这件微不足道的小事。

11

这篇稿子发布之前，我发给了几个比较要好的朋友看。唐娟是其中之一。她看完后第一时间给我发了条微信，只有八个字：再远也远不过生死。

我回："精辟。"

她回："这话是我姥姥说的。"

我回："给姥姥跪了！"

她回："有兴趣听听我姥姥的故事吗？"

我回："好呀！"

她回："明晚发给你。"

我回："好。"

12

那么，关于唐娟姥姥的故事，我明晚说给你们听吧。

晚安。

再远也远不过生死（下）

有你的地方才叫家。你就是我的国！守着你是天大的事。

1

唐娟如约发了封邮件给我，很巧，也是晚上十点，内容如下。

2

失恋那天，我没有满地打滚，没有哀号遍野，没有烂醉如泥，一切都和平常一样，以至于自己都有些惊讶，我怎么面对分手冷淡得像是一个局外人？

吃晚饭的时候，姥姥问我："今年中秋家里是不是得添双筷子了？"

姥姥刚说完，我的眼泪唰一下就下来了。

我说："姥姥啊，我的亲姥姥，您凳腿轧到我脚了！"

姥姥赶紧站起身来，把凳子往后移了移，说："我说怎么总觉得坐着不稳呢。下次可不许这么淘了啊，都大姑娘了，还这么不着调。"

我没接话，一直哭一直哭，哭得那叫一个痛快，差点儿就哭尿了。

姥姥不知道什么时候去了趟卫生间，为我拧了把热毛巾。

姥姥把毛巾递给我，说："哭痛快了没？没哭痛快接着哭，咱家不缺热水。有什么事别憋着，愿意说姥姥就听，不愿意说就哭出来。你是我从小带大的，你什么性子姥姥知道。"

现在回想起来才明白，姥姥是故意轧我脚，给我找个由头开哭，其实那一下只轧着了鞋面。

哭了一会儿，姥姥说："宝贝啊，你悠着点儿哭，留点儿眼泪到我和你姥爷走的时候用。"

姥姥只是随口一说，可我听着心里不是滋味。上年纪的人大多忌讳别人提"死"呀、"走"呀这些字眼，可姥姥为了逗我，一点儿没在意。

我抹了抹眼泪，说："不带您这样说话的，不吉利。您和姥爷且有的活呢。"

姥姥说："怕死就不用死了？我还怕穷呢，也没见你姥爷赚大钱呀。那啥，不说我，说说你呗，为啥分了？"

我说："他舍不得离开他爸妈。"

姥姥问："那你呢？"

我说："我也舍不得离开你们。"

姥姥说："你俩这不挺默契的吗？"

我愣了一下，说："姥姥，给我说说您的初恋，说说您和姥爷呗。"

姥姥笑了笑，说："这算是秀恩爱吗？"

我还没接话，姥姥又说："哦，不对，应该叫挂那啥[①]。"

我"噗"一声笑了，说："姥姥您啥都懂呀。"

姥姥说："要不能做你姥姥？"

姥爷终于开口了："你俩当我透明的呢？"

姥姥说："你喝完没？喝完洗碗去。"

姥爷笑了笑，没接话，端起酒杯把最后一口酒干了，然后边收拾碗筷边哼小曲："小和尚下山去化斋，老和尚有交代，山下的女人是老虎，遇见了千万要躲开。"

姥姥白了姥爷一眼，说："瞧你老没正形那样。"

① 原文中指的是"挂傻逼"，意思是把自以为是的人的愚蠢言行发出来让大家看。

说完这句话，姥姥自己又乐了，她看着姥爷的眼神里流露着说不清道不明的情绪，那是热恋中的人才会有的眼神，无法具体描述。

3

姥姥和姥爷是典型的封建婚姻，遵父母之命，媒妁之言。结婚之前，两人一共只见过两次面，说过的话没超过十句。

可能就是因为这个经历吧，当初我提出搬出去和男朋友住的时候，爸妈一致反对，姥姥倒是帮着我说话。

姥姥说："两人结婚前单独处处没啥不好。平时有什么藏着掖着的毛病，过两天日子就全显出来了。再说了，人家好歹是有感情基础，奔着过日子去的。我那会儿和老头儿没啥感情不也先住一块儿了？我知道你们担心什么，这都什么年代了，干柴烈火的事，你们想防也防不住。你们以为大学城附近那些个招待所啊小宾馆的只招待出差的人呀？"

爸妈对视了一下，我隐约能看见他们脸上写着大大的"卧槽"！

姥姥说完又看向我："丫头啊，道理姥姥帮你说明白了，但你得答应姥姥一件事。"

我问："啥事？"

姥姥说："把你对象带家来看看，姥姥给你把把关。你爸妈心里也有个底。要真是靠谱儿的小伙子，这事姥姥说了算。”

我说：“好！”

过了几天，我带着男朋友到家里吃饭。爸妈忙了一桌菜，姥姥让姥爷把自己泡的酒拿出来喝。

我男朋友不能喝，两三杯下肚脸红得跟猪肝似的，一开口说话整个就是赵四[①]附体。几乎听不明白他说什么，光看见姥姥姥爷一个劲儿地乐。

男朋友走后，姥姥对我说：“这孩子挺靠谱儿的。”

我问：“您咋看得出来？”

姥姥说：“不好酒的男人基本上都靠谱儿。”

姥姥说这话不完全对，但和她的经历有关。

4

姥爷年轻那会儿没别的爱好，就是好酒。除了早饭，一天两顿酒。

姥爷是木匠，靠手艺吃饭，在小县城里也算有点儿名气。姥姥让他没事少喝酒，喝多了会手抖，出不了好活儿，耽误正事。

姥爷总说没事。

姥姥说：“那你就喝吧，啥时候把我喝跑了，看你还喝不喝！”

---

① 《乡村爱情》系列电视剧中的一个人物，因搞笑而出名。

姥爷说："你不是说喝酒耽误正事吗？怎么又扯上你自己了？"

姥姥说："我不算正事啊？"

姥爷想了想，一拍大腿，说："我忘买烟卷了！"

姥姥说："你咋没忘了你姓啥呢？"说完出门给姥爷买烟卷去了。

姥爷有不少酒友，说白了都是些酒肉朋友。大多没什么正当职业，闲着没事就找姥爷蹭酒。姥爷是个厚道人，来者不拒，总觉得别人找自己喝酒是看得起自己，把自己当朋友。

姥姥说："狗屁朋友，人家就是拿你当冤大头使唤。你喝酒我不管，但那些个王八羔子你少搭理，小心哪天人把你卖了，你还帮着数钱呢。"

姥爷说："你们娘们儿家心眼儿就是多。"

其实姥姥说得没错，那些人见姥爷有点儿家底，就撺掇他玩牌九。姥爷几杯酒下肚，人家让他干啥他就干啥。每次酒醒了就后悔，可一喝酒就把之前的事都忘了，而且渐渐有点儿上瘾了。

姥姥劝了姥爷好几回都没用，有几次赶上姥爷喝高了，两人差点儿打起来。姥姥一看没辙，就回娘家找太姥爷（姥姥的爸爸，我一直叫太姥爷）商量。

太姥爷说："你别着急，我想个办法，一回就能把他给收拾服帖了。"

姥姥问："要是法子不灵呢？"

太姥爷说："那就证明他心里根本没你。干脆一拍两散，回来爹妈养着你。这事起根上怨我们。”

姥姥听到这话，眼泪就下来了，一是心疼爹妈，二是气姥爷太浑蛋。

5

有天晚上姥爷又被约出去喝酒推牌九，到天快亮才回家。进屋倒头就睡，一直睡到太阳快下山才起来。

姥爷一睁眼就叫姥姥，因为每次他喝完酒醒来，姥姥都会给他端一碗姜枣汤醒酒。

姥爷叫了几声，没听见姥姥答应，就起床去外屋看。一眼看见桌上有张字条，拿起字条一看，姥爷急出一身冷汗。那是张欠条，上面写着姥爷推牌九把姥姥输给别人当媳妇了。

姥爷慌了，赶紧拿着欠条跑到债主家里找姥姥。

债主说：“你媳妇没在我这儿，回娘家收拾东西去了。”

姥爷说：“我欠你多少钱来着？我砸锅卖铁还你。媳妇不能给你。”

债主说：“呵呵，我不缺钱，我就缺媳妇。”

姥爷一听火了，上前就和债主动手，可那是在人家家里，几个人围着姥爷一顿胖揍，揍完就给推门外去了。

姥爷没辙，只好硬着头皮来到太姥爷家里找姥姥。

太姥爷拉着脸说："你还好意思来？我把我闺女托付给你，你照料得可真好！你走吧，咱们两家没关系了。"

姥爷哭着求太姥爷让他和姥姥见一面，太姥爷死活不同意。姥爷跪在门外半天也没见姥姥出来，只好先回去了。

姥爷说，那夜是他这辈子最难熬的一夜，看什么都不对劲，说白了一句话，姥姥不在，家就不再是家，只是个窝，里面困着只丧家犬。

姥爷越想越后悔，一时气急，到厨房拿了把柴刀生生把小指给切了。切完了也顾不上疼，抱着手坐在地上号啕大哭，哭着哭着就晕过去了。

醒来的时候姥爷发现自己躺在炕上，手已经包扎好了，姥姥坐在床沿上，两只眼睛又红又肿。

原来姥爷走后没多久，太姥爷就送姥姥回去了。其实姥爷根本没把姥姥输给别人，那都是太姥爷设的局。太姥爷说，看得出姥爷心里还是有姥姥的，这事还有商量的余地。可谁也没想到，姥爷把手指给剁了。

姥姥说，这事想来挺后怕的，万一姥爷不是切手指而是抹脖子，那就真是造孽了。

每每想到这件事，姥姥就觉得挺对不起姥爷的。姥爷倒反过来安慰姥姥，说这事怪他自己不好，没事还拿自己开涮。太姥爷家有点儿什么事，姥爷都抢着做，他说："爹，这事我来干吧。我干事您放心，十拿九稳。"太姥爷和姥姥都明白，他是说自己的手只剩下九根手指头了。

从那以后，姥爷不赌了，酒也几乎不喝了，只是逢年过节的喝上点儿。姥爷常说，见过鬼就知道怕黑了。

姥姥说："这都哪儿跟哪儿啊？你有工夫多念念书好不好？"

姥姥说完，姥爷就看着她一个劲儿傻乐，像个孩子。

6

姥姥和姥爷的好日子刚开始没多久，鬼子来了。

镇上开始召集民兵抗日，姥爷死活不愿去。

姥姥问："你是怕死还是咋的？"

姥爷说："嗯，怕死，怕以后见不着你了。"

姥姥说："说实话，我也舍不得你去，可保家卫国是大事。"

姥爷说:"有你的地方才叫家。你就是我的国！守着你是天大的事。"

姥姥没再接话，转身从柜子里拿出两人的画像，一下把画像给撕成两半。那时候照相不是平常事，很多老百姓结婚都是请人画张合照当结婚照的。

姥爷一愣，问："你这是啥意思？"

姥姥把画着自己的那半张递给姥爷，说："这半张你揣着，你那半张我留着。你要真回不来了，也是带着我走的。我在家里也守着你，这辈子再也不嫁了。”

姥爷被姥姥震住了，问：“那我要是回来了，这画都撕开了，咋办？”

姥姥说：“留着等我们百年以后当遗像呗。这样我俩遗照挂在一起的时候，人家一看，哟，这不合照吗？”

姥爷竖起大拇指，只说了一个字：“服！”

那天晚上姥姥给姥爷做了顿好吃的，还陪姥爷好好喝了一回。姥爷哭了，姥姥也哭了。

第二天一早，姥爷就去镇上招兵处报到去了，到了傍晚的时候，姥爷就回来了。姥姥问姥爷怎么回来了，姥爷说镇上安排他守粮库，他回来取被卧。

姥爷告诉我，其实那时候并不像现在电视里演的那样，随便拉个人就去打鬼子了。一个连枪都没见过的人，你让他开枪，指不定打中的是谁呢。一般参与打鬼子的，都是早就参加过训练的民兵，普通老百姓也就巡个更看看粮库什么的。

姥姥说，每每回想起来都觉得特别幸福，因为她忘不了姥爷说的那句话：“有你的地方才叫家。你就是我的国！守着你是天大的事。”

7

两年前的秋末，姥爷去世了。

姥姥把那半张画像拿出来让我爸裱成了遗像。她看着画像说："时间过得真快呀，当年说的话，如今也到兑现的时候了。"

说完这句话，姥姥的眼泪就下来了。

姥爷临走前的那段时间，姥姥似乎有预感了，每天除了陪着姥爷，剩下的时间就是做手套。姥爷临走那天，姥姥的手套也做好了，姥姥边给姥爷戴手套边说："老头子，我对不住你啊，你这辈子就没戴过五指手套。现在你走了，我给做了副带小指头的手套，你戴上吧。你完完整整地来，就得完完整整地走呀。"

妈妈红着眼睛告诉我，姥姥做的手套，小指部分用棉花填满了，这样姥爷戴上，手摸起来就是完整的。

我鼻子一酸，视线一下就模糊了。

送姥爷上山那天，姥姥的精神一直很恍惚，下山的时候不小心滑了一跤，之后身体每况愈下。一年前，姥姥被诊断出得了老年痴呆，整个人一下老了很多。差不多也是到了秋末的时候，姥姥也走了。

记得送姥姥上山回来那晚，当爸爸把姥姥的遗像挂在姥爷遗像边上的时候，姥姥和姥爷的故事再次涌上我的心头，眼泪就这么不停地流着。

过年的时候，一家人吃团圆饭，聊起了姥爷和姥姥。

我说："姥姥临走前连我都不认识了，这事想起来挺难受的。"

我姐说："你错了，咱姥姥一直没忘记你。"

我姐告诉我，有段时间她常带儿子回来看姥姥，姥姥别的人都认不清了，唯独对我小外甥特别亲，可她叫的是我的名字。家里人都知道，小外甥看着像个小女孩，和我小时候特别像。

我姐还说，有一次姥姥搀着小外甥散步，边走边说："妮妮（我的小名）呀，你现在走不稳，姥姥就搀着你走，可姥姥不知道，能不能等到你搀着姥姥走的那一天哦。"

姐姐说当时听到这句话，心都要碎了。

现在我听到这段话，又何尝不是呢。

8

还记得姥爷去世后不久，姥姥又问过我一次感情上的事，她问我有没有和男朋友复合。我说没有，异地恋太远太累了，而且彼此舍不得自己的家庭，就此作罢了。

姥姥说："再远能有多远，能远过生死吗？不过既然你觉得累了，那就放手吧。"

我说："没想到我的初恋就这样结束了。"

姥姥说："你们这些年轻人呀，初恋两个字当紧箍咒一样戴着。啥初恋不初恋的，初字边上一把刀，你要老纠结这事，就是拿刀捅自己心窝。你得看另一边，初字边上还有个衣字边呢，什么叫衣？合体的才叫衣。谈恋爱就是找合体的衣服，合适了就在一起，不合适一刀咔嚓。"

姥姥说完看了看姥爷的遗像，说："就像你姥爷当年那一下。"

9

看完这篇文章，我心情挺复杂的，一时不知道该回复唐娟些什么。

大约一小时后，唐娟发来微信："看完了吗？"

我回："赔我卷纸！"

唐娟回："好，等我从深圳回来。"

我回："去深圳？"

唐娟回："写这篇文章的时候，我感觉像是回到了以前，又和姥姥聊了一次天。所以我决定去一次深圳。"

我想了想，回："他还在等你？"

唐娟回了一个微笑的表情。

我回："加油！祝顺。"

唐娟回："嗯，晚安。"

10

无论你现在经历的是怎样的感情，记住姥姥的话，合适了就在一起，不合适一刀咔嚓。

加油！祝顺。

晚安。

你如此华丽

无论儿女是怎样的模样，在父母眼中，都是全世界最好看的，不是吗？

1

“生日快乐，我的小公主。”

妈妈边说边给安妮穿新衣服。

安妮天生看不见，但听妈妈说，她是这世界上最好看的人，像极了一个公主。

因为天生失明的关系，安妮对于什么叫好看并没有概念。

妈妈打了个比方：“好看的意思就是会被很多很多人喜欢、疼爱，就像妈妈对你那样。”

安妮虽然不能完全明白，但她知道好看是件不赖的事。

2

安妮抚摩着新衣服，那料子顺滑而柔软，闻起来还有一股清香。

安妮微笑着站起身，转了一圈后问："好看吗，妈妈？"

"当然，你是如此华丽，我的小公主。全天下没有人比你更适合这件衣服。"

妈妈说着说着竟然低低地呜咽起来。

"怎么了妈妈？您为什么哭？是我做错了什么事吗？"安妮边问边伸出手，她想为妈妈擦掉脸上的泪水。

"没有，没有，我只是高兴得有些过头了。"妈妈握住安妮的手说。

"亲爱的，你乖乖等着我，好吗？我去取蛋糕。是专门为你定做的，全世界独一无二的蛋糕哦。"

"嗯，谢谢您，妈妈。"安妮说完拉了拉妈妈的手。

妈妈明白安妮的意思，她是想要吻一下妈妈的额头作为感谢。

妈妈出门去取蛋糕了，然后，再也没有回来。

3

安妮想要出去找妈妈，可她不知道门在哪里。

从小到大，妈妈一直陪伴在安妮身边，几乎寸步不离，没有了妈妈，安妮的世界一片漆黑。

安妮跌跌撞撞地摸索着找门，一不小心被什么东西绊倒了，头撞在地上，晕了过去。

“喂，小……小姐，你……你还好吧？”安妮听到一个陌生的声音，是一个男人。

“你是谁？我在哪里？”安妮惊恐地问。

“这里是你家呀。我……我是你妈妈的一个朋友，她让我带你去一下医院。”男人回答。

“医院？是不是妈妈出事了？”安妮的心一下子加速跳动起来。

“哦，不是。是这样的，你妈妈买了一对眼球给你，换上这对眼球，你就看得见了。”

男人边说边扶起安妮。

安妮跟着男人走出了门，经过一路颠簸后到达了医院。

4

男人没有骗安妮，医生真的给安妮做了眼球移植手术，而且很成功。

只是……安妮一直没有听到妈妈的声音。

她问了所有在她身边出现的人，答案都是一样的：“等你拆开纱布的时候，你就能见到她了。”

时间一天天过去，安妮终于迎来了拆纱布的时刻。

世界从一片刺眼到渐渐模糊，进而一切清晰起来。

镜子里的人真的是我吗？原来这就是所谓的好看呀。

镜子里的安妮好看极了，就像是电影里的公主。

安妮转身看向护士和医生，他们看起来并不是很喜欢她。

妈妈告诉过安妮，当人们不高兴的时候，嘴角是往下的。

奇怪，妈妈不是说好看就会被很多人喜欢吗？为什么他们看起来并不喜欢我呢？

安妮不明白。

其实，安妮不明白的事太多太多……

5

其实，医生和护士看见的是镜子外的安妮，一个又黑又丑，皮肤粗糙，而且还有些龅牙的女孩。

其实，无论是镜子里，还是镜子外，安妮都是一个又黑又丑，皮肤粗糙，而且还有些龅牙的女孩。

其实，安妮移植的眼睛不是妈妈买来的，而是妈妈自己的。说起来，安妮看着自己的眼睛，就等于见到了妈妈。

其实，妈妈因为车祸早就不在这个世界上了。

其实，来到安妮家的那个男人就是撞死妈妈的人。妈妈答应男人不起诉他，只要他帮忙将自己的眼睛移植给安妮。

其实，男人原本准备食言，可是他没想到，安妮妈妈的鬼魂一直纠缠着他，他不得不完成那个约定。

其实，男人来到安妮家的时候，也就是安妮醒来的时候，已经是妈妈出车祸后的第三天了。

其实，安妮的那件新衣服，只不过是有钱人丢弃的一幅旧窗帘，被妈妈捡来做成了衣服。

其实，还有很多很多……

有件事也许你也不明白，为什么安妮看见的自己那么好看呢？

那是因为，那双眼睛是妈妈的呀。

无论儿女是怎样的模样，在父母眼中，都是全世界最好看的，不是吗？

幸运烟

决定往往只需要一秒钟，后悔却是一辈子的事呀。

1

年轻的女学生们穿着白色运动T恤和黑色运动短裤在跑道上奔跑着，看起来就像是一个个跳动的音符，活泼而快乐，让人不由得感叹，啊，年轻真好啊。

里绪停下脚步转头看向亚纪子的时候，亚纪子正弯着腰，双手撑着膝盖在大口喘气，脸色几乎和跑道线一样白了。

“糟了，亚纪子该不会是……”想到这里，里绪赶紧朝亚纪子飞奔过去。可还是迟了一步，亚纪子瘫倒在跑道上，纤弱的双手捂着胸口，表情痛苦。

砰的一声，泽树的头被篮球重重地砸了一下。

“喂，你没事吧？”大和跑到泽树面前，泽树一只手放在头上被篮球砸到的那个位置，望着远处的体育老师背起亚纪子往保健室的方向跑去。

大和顺着泽树的目光望去，咂了咂嘴。“啧啧，那个药罐子又倒下了啊，真是可惜了那么好看的样子呢。”大和说完看向泽树，“喂，我说，你不会是喜欢上她了吧？”

泽树看向大和，笑了笑：“白痴，我说，你一会儿要去来一支吗？”

大和坏笑着点了点头：“这还用问？今天的烟可是我老爹从国外带回来的哦。很特别的味道，过滤嘴可是甜的哟。怎么样？还是坚持不试试吗？”

泽树推了大和一下，说：“走啦！啰唆的家伙。”

两人打闹着朝阶梯教室的拐角走去，那里是学生们抽烟的聚集地。

由于是第一次抽烟，泽树刚抽了一小口就咳嗽起来，大和一边笑一边做出一副前辈的样子说：“没关系的，习惯就好了。刚开始是这样的。”

泽树看了看手里的烟，不明白为什么会有人喜欢这种苦涩又夹杂着刺辣的味道。

不知道是谁喊了一声“老头子来了”，抽烟的学生一下子全都丢掉了手里的香烟作鸟兽散。大和有些不舍地狠狠抽了两口后，丢掉烟头。而泽树把烟摁灭之后，将剩下的半根放进了裤子口袋。

所谓的“老头子”就是训导部主任，同时也负责教泽树所在年级的历史课，是个脾气暴躁的老家伙。

教室里一片安静，大和以及另外三个男同学站在课桌前。老头子正用严厉的目光看着他们，之后又看向泽树，说：“加藤，你为什么不站起来？”

泽树看着老头子，微笑着反问：“我为什么要站起来？”

老头子愣了一下，他没想到平日里性格温和、成绩优异的泽树竟然当众和他顶嘴。老头子走到泽树面前，表情严肃地说：“你也抽烟了不是吗？老老实实站起来承认不就好了？”

泽树没有回话，把头偏向一边，看向窗外的天空。

“混账！”老头子涨红着脸，大叫着抓住泽树的衣领，“你这是什么态度啊？就算是成绩好又怎么样？给我拽个什么劲啊？”

泽树一下子站了起来，面无表情地看着比自己矮了大半个头的老头子。

老头子的手依然抓着泽树的领子，但完全没有了刚才的力道，仅仅只是抓着而已。他咽了下口水，看着泽树，嘴角微微颤抖着，不知道是气还是怕。

泽树用手拨开老头子的手，转身走出教室，慵懒地说了句：“我去罚站就是了。”

2

走廊里空无一人。

泽树左脚撑在墙上，低着头，闭着眼，不知道在想什么。

突然，走廊尽头传来脚步声。这声音似乎有种魔力，泽树先是迅速地放下脚，然后才睁开眼睛抬头向脚步声传来的方向看去。看见里绪向这边走来，泽树的脸上闪过一丝失望。

“欸？是泽树学长，你竟然被罚站？”里绪走到泽树面前，脸上挂着“真是奇怪啊”的表情。

“罚站而已嘛，有什么好奇怪的。”泽树回答里绪的时候，眼睛时不时地瞄向走廊尽头。

里绪笑了笑，说：“要是担心的话，去保健室看看她好啦。放心吧，铃木老师这会儿不在。”

“聪明的女人是不可能找到男朋友的。”泽树摸了摸里绪的短发，然后脱下校服披在里绪身上，拍了拍她的肩膀，说，“看起来很帅呀。那么就做一会儿我的替身吧，谢啦！”泽树说完，也不等里绪回答就急急忙忙向走廊尽头走去。

“我才不聪明呢，我是个笨蛋。”里绪看着泽树的背影，边说边拉了拉身上的校服，“如果是因为起大风了所以给我披上衣服，那该多好啊。”

走廊尽头是通往楼上的楼梯，二楼左手边第三间就是保健室。亚纪子就躺在里面。

泽树轻轻地推开保健室的门，亚纪子安静地躺在床上，样子就像是童话书上的睡美人。

泽树小心翼翼地向亚纪子走去，为了避开椅子而不小心将另一边桌上的小药箱打翻了。药箱落地发出声响的那一刻，泽树的心几乎要从嗓子眼里跳出来。

亚纪子惊醒了，看着眼前同样一脸惊恐的泽树，她下意识地把身上的薄被拉到了差不多齐下巴的位置。

“抱歉啊，吓到你了吧？”泽树抓了抓头，一脸尴尬。

亚纪子轻轻地吐了口气，脸上的表情放松下来，淡笑着摇了摇头。

“那个……嗯，你好点儿了吧？我是说你的身体……哦，不不，不是说那个身体，是说……”泽树发现不知道为什么，舌头好像完全脱离了大脑的管制，混乱得说出了一些不配套的词语。

“嗯，好多了呢。其实也没什么的，可能是之前运动量太大的关系吧，谢谢学长关心。”亚纪子说话的时候虽然面带微笑，薄被却始终没有放低。

“哦，那就好。那个……”泽树咽了下口水，然后短暂地闭了眼，接着猛地睁开，一脸真诚地看着亚纪子，“做我女朋友吧！”

亚纪子一下子愣住了，整个人就好像被定住了一样。

“你不用现在就回答我，可以好好考虑。所以你千万不要觉得困扰，就算是……”

“可是……我背地里被叫作药罐子，不是吗？”亚纪子说。

“我才不会理会那种无聊的东西呢！”泽树说完愣了一下，他意识到舌头似乎又脱离管制了，于是赶紧补充，“不不，我不是说你无聊。我是说，无论怎样，我都想和你在一起，就算是你以后病到无法下床……呃，也不是，我不是那个意思，我是说……”泽树的心此刻就像是个仓鼠屋，里面的仓鼠们毫无规律地到处乱跑，他完全抓不住其中那只叫作重点的家伙。

“呵呵……”亚纪子捂着嘴笑了起来，薄被也从手中滑落。她的脸一下子涨红了，就像是夏秋交接时那种刚熟的苹果，看着就想要轻轻地咬上那么一小口。

“喂！你这个家伙怎么会在这里？现在不是上课时间吗？哎呀，瞧瞧你干的好事！”铃木老师像幽灵一样，不知道什么时候出现在了泽树的身后，吓得泽树打了个哆嗦，然后不舍地看了亚纪子一眼，眼神里写着满满的“拜托啦，答应我吧”，慌慌张张地跑开了。

亚纪子看着泽树的背影，笑眯眯的眼睛弯成了月牙。她在心里回答泽树：“嗯！”

晚饭过后，泽树借口倒垃圾跑到了小区的公园，从口袋里摸出那半根烟，用悄悄带出来的火柴点燃，吸了一口，理所当然又是一阵咳嗽。他强忍着嗓子里的刺辣感又吸了几口……

“好奇怪啊，竟然可以接受了！”泽树看着手里的烟，一脸惊喜，“这该就是传说中的幸运烟啊！嗯，以后抽烟的话，就只抽这个牌子了！”泽树看着手里的烟，舔了舔嘴唇，果然是甜的，就像下午放学时的回忆一样甜。因为那时候亚纪子悄悄地对他说：“关于我们交往的事，就按你决定的好了。”

现在泽树觉得烟味不但不苦涩、不刺辣，反而有种香甜的味道，和恋爱一样让人上瘾。

3

亚纪子看着泽树吃完满满一碗大满贯拉面，并且把汤都喝了个精光，之后用力地把碗放到桌上，四周响起一片掌声。

拉面馆的老板走到泽树面前，面带笑容地说：“小哥你还真是厉害呀，真的全都吃完了，现在的年轻人到底什么构造呀，哈哈哈哈。”

泽树抹了抹嘴，冲亚纪子挤了下眼睛，看向老板说：“承蒙招待，请按照约定兑现奖金吧。”

拉面馆老板点了点头：“这个当然。”说完，服务员端来一个托盘，上面放着一个印着拉面馆logo①的红包，里面装着奖金。

泽树接过红包，打开看了看，然后对老板说了声“谢啦”，拉着亚纪子的手走出了拉面馆。

---

① 即徽标、商标。

“好了，现在可以给你买个像样点儿的生日礼物了。”泽树晃了晃手里的红包，“你喜欢什么类型的礼物呢？啊！对了，应该先买花！”

“不用什么礼物啦，就这样两个人一起逛逛就很好啦。”亚纪子微笑着说。

“不行不行，这可是我第一次陪你过生日呢，一定要买个什么作为纪念的。”泽树说。

“可是……”

“干脆买对情侣挂件好了，一人一个，怎么样？”

“嗯！”亚纪子用力地点了下头，眼睛弯成了月牙。

因为是周末的关系，步行街上人特别多，泽树紧紧地牵着亚纪子的手，手心里满是汗。亚纪子看着一脸认真地寻找出售情侣物品的商店的泽树，幸福感油然而生。

“哎！这里竟然有！”泽树拉着亚纪子来到一个专门卖进口香烟的小店前，指着橱窗里一包黄色外包装的烟，上面印着一个叼着烟斗的老船长的头像。“你等我一下，我马上就出来，别走开哦。”泽树说完松开手，走进店里。他很快从店里走了出来，手里拿着一包橱窗里那样的烟。

“这种烟很特别吗？”亚纪子问。

“嗯，这可是我的幸运烟呀，嘿嘿。”泽树说完把烟放进了口袋，再次牵起亚纪子的手，“我们边走边说好了。”

亚纪子点了点头，乖乖地跟着泽树再次融入拥挤的人流。

没走多久，一个蓝色墙面、黄色屋顶的小店吸引了泽树的注意，门口的招牌上写着大大的“情侣特供之屋”。

泽树兴奋地回头看向亚纪子，却发现她脸色苍白，一只手放在心脏的位置，这时泽树才感觉到自己牵着的亚纪子的手透着一阵寒意。

“心脏又不舒服了吗？有没有带药什么的？”泽树赶紧搂住亚纪子，一脸的焦虑。

“胸口好闷啊，找个空旷点儿的地方透透气，应该会好点儿。”亚纪子有气无力地说。

泽树点了点头，赶紧背起亚纪子，一边喊着“让一让”，一边急急忙忙地寻找走出步行街的岔口。还好，他们很快就顺利地找到了岔口，但是事情并没有他们想象的那么简单。亚纪子的情况没有任何好转，呼吸反倒越来越急促，脸色也越来越苍白。

“亚纪子，你坚持一下，我马上送你去医院！”泽树一边说，一边再次背起亚纪子向大路跑去。亚纪子趴在泽树的背上，在颠簸中慢慢闭上了眼睛……

亚纪子醒来的时候，泽树握着她的手，两只眼睛通红。

“总算是醒了啊。”泽树摸了摸亚纪子的额头，梳理了一下她的刘海。

亚纪子闻到一股很浓的烟味。

“你等一下，我去叫医生来。”泽树说完起身准备出去，亚纪子紧紧地抓住了泽树的手。

“怎么了？还有哪里不舒服吗？”泽树关切地问。

“没……没有，就是……舍不得你。”亚纪子低声说。

泽树笑了笑，然后吻了一下亚纪子的额头：“傻瓜，我也舍不得你，不过等下我还是得走，因为要交相关的费用，所以……只好把你家里的电话给了医院。”

亚纪子无奈地点了点头：“那好吧，回去的路上注意安全哦。”

泽树微笑着点头：“嗯，那我去叫医生啦，周一见咯。”泽树说完又吻了一下亚纪子的额头，然后转身往门外走去。

亚纪子看着泽树的背影，心里有个声音告诉她：“这么好的男孩子，一定不要错过哦。”

泽树走出病房，轻轻地带上房门，眼泪终于忍不住流了下来，脑海中回响着医生的话：“真可怜啊，年纪轻轻的，心脏病竟然这么严重。幸好送来得及时，不然的话……”

泽树走出医院大门，长长地吐了口气，从口袋里拿出烟，发现竟然抽得只剩下一半了。他看着烟，想起自己对亚纪子的承诺：“无论怎样，我都想和你在一起，就算是你以后病到无法下床……”

泽树双手合十，把烟夹在手心，指尖抵着自己的眉心祈祷：“幸运之神，拜托你赐予我们幸福的未来。”

4

亚纪子躺在床上，窗外的阳光透过薄纱披在她身上，因此她的脸色看起来并没有那么糟糕，实际上，她刚刚从鬼门关逃回来。

也许是幸运之神被泽树的真诚打动了。高中毕业后，两人顺利考入了同一所大学。亚纪子选择了金融专业，而泽树选择了梦寐以求的建筑设计专业，之后两人又都因为优异的成绩入职了全国排名前十的两家公司。第二年，两人终成眷属。

不过幸运之神的能力并非无比强大，至少它没能改变亚纪子的身体状况。就在两人计划着尝试要个宝宝的时候，亚纪子因为心脏病引发脑梗死而住进了医院，不久前才回到家继续调养。

泽树推开门走了进来，手里端着一碗白粥，里面撒了些胡萝卜碎末。

看见泽树进来，亚纪子支撑着身体坐了起来，脸上带着“伤口还是有点儿痛啊”的表情。

“你别动，等一下就好。”泽树一边说一边把白粥放到旁边的桌上，上前扶着亚纪子依偎在床头，并把枕头竖着垫在她脑后，“这样可以吗？”

“嗯。”亚纪子点了点头，“我刚刚做梦了呢，呵呵。”亚纪子面带歉意地苦笑。

“哦？梦见什么了？”泽树一边说一边把白粥端到亚纪子面前。

“梦见我们高中时候的事情了，感觉时间过得好快啊，一切都还像在昨天一样。”亚纪子接过白粥说。

“是啊，真的好快，说起来当时我在医院门口许的愿还真灵啊。”泽树笑着说。

“许愿？你许了什么愿？”亚纪子问。

泽树像孩子一样抓了抓头，一脸憨笑。

“对了，说起来，有件事我一直想问你呢。”亚纪子吃了口白粥说。

“嗯？什么？”

“里绪说，当年你故意不承认抽烟，故意惹怒老头子被罚站，就是为了遇见我，是真的吗？”

“这个……”泽树的脸竟然微微泛红，“是啊，那是我第一次抽烟呢。因为看见你在体育课上晕倒被送走，所以很担心。本来想直接去看你，顺便表白的。可毕竟那时候还不够大胆，所以就想了这么个笨办法，希望可以在人最少的时候遇见你，然后表白，这样即便失败了，也不会太丢脸，呵呵。”

“原来里绪说的是真的啊。”亚纪子笑了笑，“其实我也是后来才知道里绪可是喜欢你很久了啊，你都没发现吗？”

“里绪做朋友很好啊，够聪明，可是说到恋人的话……”

“所以说就是因为我笨，你才选择我的咯？”

“哎呀，不是不是，你看，我的舌头又脱离管制了呢，哈哈哈。”

“哈哈……”亚纪子笑了两声后突然皱了下眉头，脸上闪过一丝痛苦，右手放在了心脏的位置。

泽树赶紧接过白粥，放到一边，然后扶着亚纪子躺平，说："是不是心脏又在痛了？"

"嗯，有那么一点点，没关系的。"亚纪子说完轻轻咳嗽了两声。

"你先睡一会儿吧。"泽树帮亚纪子掖好被子。

亚纪子微微点头，然后闭上了眼睛。

泽树坐在一边看着亚纪子，思绪又飘回到了记忆中最鲜亮的那段时光。大约过了十五分钟，泽树身体里那些与尼古丁相恋的细胞蠢蠢欲动。泽树摸了摸口袋，烟不知道什么时候抽完了。

泽树自己也忘记了烟瘾是从什么时候开始越来越大的。回想起来，第一次抽很多烟是在亚纪子生日那天，因为担心的关系，不知不觉抽了半包，回去后被父亲狠狠责骂了一顿。之后就是考大学前的奋斗期，因为想要和亚纪子考入同一所大学，不得不拼命熬夜。从那时候开始，吸烟量似乎就增加了。因为怕被父母发现，泽树还专门买了小型电风扇，将它背对着自己放在窗口，这样一来，电风扇就成了抽风机。再然后进了大学，因为年满十八岁了，抽烟不再是躲躲藏藏的事，烟瘾也就慢慢变大了。

算起来到晚上睡觉大约还有六个小时的时间，如果没有烟的话，这段时间对于泽树来说将会是痛苦的折磨，所以他决定去买烟。

现在假设是在看一部电影的一部分，让我们用平行蒙太奇的方式来看一下接下来十分钟里发生的事。

泽树进入电梯，来到楼下，和门卫打了个招呼后出门往一边的便利店走去。与此同时，亚纪子觉得心脏绞痛，表情痛苦，她闭着眼低低地叫了几声“老公”。

她的老公泽树刚刚到达便利店，正站在柜台前寻找着被他称为幸运烟的老船长牌香烟。

亚纪子睁开眼，看见面前的椅子是空着的。于是她勉强地支撑着身体起来，去拿床尾桌上的药。她的表情痛苦而无助。与此同时，泽树一边付钱，一边笑着和收银员小哥聊了几句关于足球的事。

由于过于用力的关系，血液冲击到了脑部的伤口，亚纪子觉得眼前一黑，整个人摔倒在地，头重重地砸在地上，出于潜意识，她叫了一声“老公”，可是没有人回应，因为此时的泽树才刚刚走回到电梯前，按下往上的按钮。

5

泽树站在一张空荡荡的病床前，两个小时前，亚纪子还躺在上面。

医生告诉泽树：“对不起，真是遗憾，您的夫人错过了黄金十分钟。如果可以早点儿送来的话……请节哀。”

看着空荡荡的病床，泽树的眉头渐渐皱了起来，嘴角也微微抽搐起来，眼睛里的泪水越来越满……直到眼眶实在无法承受泪水的重量，只能任由它们坠落。

眼泪这种东西呀，看起来只有雨点那么大，里面所包含的感情却是整个地球都无法承载的。

医生从口袋里拿出面纸，抽出几张，轻轻地碰了碰泽树的胳膊。

泽树转身看向医生，轻轻地“哦”了一声，接过面纸，展开，用整张面纸捂住脸，身体微微地颤动起来。

低泣声穿透薄薄的面纸传到医生的耳朵里，那声音虽然不大，但足以令医生的心弦跟着颤动起来，鼻子也微微发酸。不单单是医生，就连天也跟着悲伤起来，雨淅淅沥沥地落下，雨点不大，但每一滴都下得很认真。

泽树看着空荡荡的床低声说：“决定往往只需要一秒钟，后悔却是一辈子的事呀。”

里绪沉默不语。这时电话响起，里绪接通电话，之后对泽树说：“不好意思啊泽树君，我得先去接孩子了，你自己要多多保重呀。”

泽树背对着里绪点了点头。他觉得眼前的世界被各种遗憾填得满满的，令人窒息。

我特别喜欢一种人

励志会让人活成一本小说，有时间，有空间，有情节。自己过得有滋有味，别人看着也觉得精彩。

1

我特别喜欢一种人，或者说向往成为那样的人——那种把日子过得有滋有味的人。即便是吃个泡面，他也能让你感觉到他吃的那份是全天下的第一份。

不是因为口味，是因为滋味。

过日子的滋味，较快乐。

我认识的人里面，小武就属于这种类型。

2

有一天小武问我："你说励志和心灵鸡汤的区别在哪里？"

我抽完一根烟也没想到答案。

这个问题很难用一两句话说清楚，到现在我也没有给小武一个准确的答复。但我觉得小武本身就是励志的代表，或者说，小武本身就是答案。因为，对我来说，小武就是励志最好的解释。

我很少见小武愁眉苦脸，他有他特有的生活态度。这种态度和苦中作乐不一样，也不能叫穷开心，更不是阿Q精神。他的快乐是自然而然产生的，没有做作，没有渲染，就像打喷嚏一样，完全是自然反应。

小武吃泡面，你也吃泡面。

你吃是为了填饱肚子、解馋，又或者是迫不得已。

他其实也是。不同的是，自看见泡面那一刻起，他的大脑会自然而然地运转起来，泡面成为一个圆心，然后迅速扩散出无数条支线，他随便抓住其中一条支线，就能告诉你一个故事。这个故事不一定是快乐的，但一定是有趣的。至少除他之外的人会这么觉得。

他会告诉你，有一次吃完泡面，他随手把泡面桶放在桌上当烟灰缸，可惜还没来得及抽烟就把它打翻了，结果键盘毁了。

你会笑着说："真傻×。"

他会告诉你，长期吃泡面是会死人的。楼下有个孩子长期吃泡面，后来死了。死于一场车祸，在这倒霉孩子去买泡面的路上。

你会笑着说："真傻×。"

他还会告诉你，他曾经不得不连续吃一个月的泡面，甚至交不起房租。每天得等到房东睡着以后才偷偷溜进家，还得赶在天亮前出门。现在日子好了，却有点儿怀念那时候做小贼的感觉，觉得特别刺激。

你依然会笑着说："真傻×。"

不知不觉你看着他把泡面吃完了，故事也听完了，你觉得这家伙还挺有意思的。

细想想，有意思个屁啊！这些事你要遇上了，不发火就算是能耐人了。

可他能轻轻松松地说出来。他就有这个本事，把这些糟糕烦心的事说得喜气洋洋。

他不是故意的，是自然反应。

这就叫生活的滋味，或者说，这就是励志。

3

和小武接触的时间长了，我发现他干什么都有滋有味的，就好像他的字典里没有“烦恼”这两个字一样。

扯淡吧，怎么可能？上帝还要休息一天呢。

小武是个人，是个人自然就会有各种不顺，但是他能从不顺里找到那么一丝光亮。不用刻意去找，因为他的眼睛只看得见光亮。

这和乐观是两个概念。乐观倒是和心灵鸡汤比较接近。

明知道自己要死了，但觉得无论怎样，余下的人生不要留下遗憾，该干吗干吗。拒绝苦瓜脸，像一个正常人一样生活，心里时不时还想：“也许这样对病情会有好处吧。”这叫乐观。

明知道自己要死了，非常积极地配合治疗，老老实实在医院里待着。你去看他的时候，他会告诉你，今天有个实习护士来打针，戳了四次都没戳中，边说还边给你看手上的针眼，然后一顿吐槽[1]。这时候你已经忘记来干吗的了，你也忘记了面前躺着的是个快死的人。这就是这类人的本事，天生的，自然的，毫不做作的。

这算是没心没肺吗？不算。这种人的感情特别丰富。友情、亲情、爱情缺一不可，排名不分先后。他们也会伤心难过，但大多数时候不是为自己。他们不是不爱自己，只是爱别人更多而已。

对了，存在感。

这种人的存在感不强。往往吸引你的不是他们的人，而是他们说

① 网络流行语，指揶揄、拆台。

的那些事。

小武就没什么存在感。

比如有次他和我说下楼买烟的事。说着说着，他就扯到了在回来的路上遇见两只狗打架，一只是公的，另一只也是公的。他跟我说两只狗如何打，它们又如何成为好朋友去攻击另一只路过的鸡。说完以后，我的脑子里就只记得狗和鸡的事，完全忘记了这件事的本初，是他下楼去买烟。

小武这样的人通常并不穷，但也不大富大贵。日子过得不松不紧，刚刚好。这不是老天算计好的量，是他自己调整出来的。他对生活也有追求，无论是精神上的还是物质上的，但这丝毫不影响他过日子。三个字：不强求。希望归希望，能实现最好，实现不了拉倒。每天的压力够大了，干吗还跟自己过不去呢？

话说回来，小武的确没什么存在感，以至于分开三年，我很少想起他。

4

有天晚上刚准备躺下，小武打来电话，说：“呆逼，我，出来陪我喝酒。”

我说：“你狗日的回南京啦？”

小武说："你说呢？老地方，快。"

小武说完就把电话挂了。

关系好到一定程度的朋友就这样，没有"好久不见"，没有"最近怎样"，没有"为什么"，只有"是我"，只有"说"，只有"行"。

我到的时候，小武坐在角落里一张桌前，烧烤还没上，但已经有了两个空瓶子，酒杯里的酒还剩一半。

"怎么啦？"这是我落座后的第一句话。

小武递给我一根烟，帮我点上，然后自己又续了一根。

"我有个同事快死了，"小武看着手里的烟说，"癌症晚期，想着心里难受。"

我问："所以呢？你想干吗？我能干吗？"

"你陪我喝喝酒解解闷就行了，其他的事轮不到你操心。"

小武说完这句话的时候，烧烤上来了。

我们边吃边聊，聊了很多我们以前的事。三年没见，其间我们毫无交集，也没有联系，所以我们只能聊以前的事。

聊着喝着，喝着聊着，我们都有点儿高了，两个人像以前那样勾肩搭背地从店里走出来，学着1983年版《射雕英雄传》里的郭啸天和杨铁心，唱着《满江红》走到路边去打车。

站定以后，小武掏出烟，他一根，我一根，点上。

小武说："唱歌去？"

我说："改天吧，有个稿子明早要交。"

小武点了点头，说："也行。"

一辆出租车开了过来，小武拦下，帮我拉开门，说："你先走吧。"

我猫下腰钻了进去，说："走了，再联系。"

小武笑着点了点头，说："到家给我发个短信。"

说完，把门砰一声关上，隔着玻璃对我挥了挥手。

刚进门，收到小武的短信："到家了没？"

我回："刚进门。你同事的事别太往心里去，有什么我能帮忙的，你告诉我一声。"

小武没回短信。

他总是这样，我习惯了。

第二天醒来，手机上有一条未读短信，时间显示是凌晨五点多发来的。点开，小武回："呆逼，我根本没工作，哈哈哈哈。"

我赶紧回拨，电话已经是空号了。

你大爷的小武，你才呆逼呢！你觉得这是个冷笑话吗？！

就这样，我的一个朋友消失了，他叫小武。

说不定某天晚上，我刚准备睡觉，会突然接到一个神秘电话，电话里的人说："呆逼，我，出来陪我喝酒。"

5

我特别喜欢一种人，或者说向往成为那样的人。

就像小武那样的人。

存在感？无所谓。

话说回来，我现在倒似乎明白励志和心灵鸡汤的区别了：励志会让人活成一本小说，有时间，有空间，有情节。自己过得有滋有味，别人看着也觉得精彩。而心灵鸡汤只会让人活成一本字帖，即便拥有最完美的笔画，也只不过是一个个毫无生气的字而已，自己过得枯燥，别人看起来也索然无味。

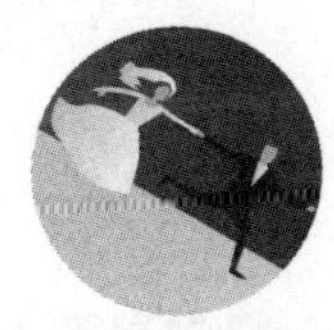

再美也美不过想象
THE AMAZING BEAUTY OF IMAGINATION

Chapter 6
再暖也暖不过平凡

人生是什么？人生就是感情堆积成的一段旅程。起点就是终点，没有所谓开始，也没有所谓结束。它是圆的。就好像这个比萨，培根是爱情，红肠丁是亲情，红椒是友情，青椒是其他的感情。你不能因为没有了爱情就觉得人生不是人生了，就觉得人生不够圆满了。

@ 凯尔是歪果仁

年轻最大的敌人不是折腾，而是错过。

1

因为参与一个广告片的文案策划，有段时间我常去某合资广告公司开会。

第一次去开会就注意到了凯尔。因为当几乎所有人都在脸红脖子粗地出谋划策时，凯尔坐在一边沉默不语，一脸“哎呀卧槽你们千万不要打起来哦”的表情。

后来才知道，总部临时把凯尔从美国调来做设计总监，那时候他才来一个月不到，中文只会简单的基本用语。

开完会，凯尔的中文助理May（梅）告诉我，凯尔想和我聊聊。他先去趟洗手间，让我去他的办公室等他。

凯尔的办公桌上堆着很多资料，有本打开的笔记本吸引了我的注意，上面写着一句话：need bay ball。

我之所以注意到，是因为这句话他用红笔圈出来了，并打上了几个惊叹号，看起来很不得了的样子。

我问May："这个need bay ball是什么意思啊？看来凯尔很重视。"

May说："是呀。凯尔在飞机上认识了一个妹子，两人约好有空去唱歌。这是那个妹子当时在听的歌，凯尔说要好好练习。"

我点了点头，问："谁的歌？"

May笑了笑，说："陈奕迅的《你的背包》。"

卧槽！我还能说什么？除了发微博，我想不到其他的反应。

之后在May的协助下，我和凯尔进行了友好亲切的交谈，双方就如何拍好一条优质宣传片的问题达成了共识。

凯尔说："很高兴认识你。"

我说："Me too[①]。"

凯尔说："希望我们不只是生意上的朋友。"

我说："Me too这么想。"

凯尔笑了笑伸出手，我也伸出手。凯尔停顿了一下，说："还是拥抱吧。"

说完凯尔给了我一个热情的拥抱。我对他的好感值瞬间增

① 意为"我也是"。

加。我觉得他在用行动证明刚刚说的那句话：希望我们不只是生意上的朋友。

2

之后我又见了几次凯尔，我们的关系越来越好，他的中文也有了一些进步，而且还学了些不咸不淡的南京话。

有次对完稿已经是凌晨。

凯尔说："之前点的比萨还没吃完，可以热一下。"

我说："好。"

凯尔说："你去办公室等我吧，很快。"

我说："好。"

凯尔走了没两步，突然回头说："啊要辣油啊！"

我惊得一个趔趄，赶紧纠正："这句话不是吃什么都要说的。"

凯尔说："不好意思，有点儿条件反射了。"

凯尔的办公桌上依旧堆着资料，我一眼又看见了那本翻开的笔记本，上面又写了这么一句：true my word i bitch wall lee cat[①]。

我英文不太好，单独看都明白，连在一起就变成看天书了。

凯尔端着热好的比萨走了进来。

我问："你写的这句话什么意思？"

① 与慕容晓晓《爱情买卖》中的歌词"出卖我的爱，逼着我离开"谐音。

凯尔笑了笑说："你这个习惯不好呀。"

我说："不怪我，你放得太显眼了。"

凯尔说："你念念看就明白了，要连读。"

按照凯尔的提示，我念着念着……竟然唱起来了！

我问："这是你准备的新歌？看来和妹子约得不错呀。"

凯尔说："不不，不是你想的那样。那个女孩是双语幼儿园的老师，她们那里正好要找暑期代课外教，我觉得很有意思。其实我以前就想当一个幼儿园老师，我很喜欢小孩子的。"

一个将近一米九的金毛汉子说出这样的话，让我不由得一脸的"卧槽"。

说到孩子，凯尔的话一下多了起来，虽然很多我不能完全听明白。他提到了他的侄子本，提到了童年的一些回忆，提到了教育问题，自然也提到了考试。

他说："今天看新闻里，你们这里高考的时候，汽车路过不可以按喇叭，工地也要停工，有的出租车为了送孩子去考试会闯红灯，这些都是真的吗？每年都这样吗？"

我说："嗯。为了让考生安静地复习、休息，考出最好的成绩。当然，这种做法不是所有人都赞同的。"

凯尔又问："这个高考对你们来说很重要吗？"

我说："看各人吧。现在很多人明白，高考并不是唯一的出路。"

凯尔点了点头，说："我以前上学考试时，脑子里只有一件事，嗯……该怎么说呢？”

凯尔想了想，说：“哦，对！bitch sina[①]。”

我说：“卧槽，新浪怎么招惹你了？”

凯尔连连摇头，说：“不不，不是那个新浪，是……”

凯尔边说边做着背包行走的动作。

我恍然大悟，说：“你是说‘背起行囊’啊！我去，你直接说旅游不就好了吗？”

凯尔说：“我脑子太乱了，一下不知道怎么用中文表达。”

我看着凯尔，不知道该说什么，唯一能做的就是又发了条微博。

3

大约一个月后，凯尔打电话给我，说是那个妹子帮他介绍兼职外教的事成功了，他决定买点儿东西上门去表示感谢，但他怕中文表达不好，让我陪着去。

我说：“你还真干哪？你当总监还找兼职？忙得过来吗？”

凯尔说：“你也知道的，快要进入拍摄阶段了，我只负责创意部分，正好这两个月比较空闲。”

我说：“那你带May去呀，她比我专业。”

凯尔说：“May的老公是英国人，她回英国生宝宝去了。”

---

① 直译为“婊子新浪”。

没办法，我只好以中文助理的身份硬着头皮陪凯尔去了妹子家。

妹子父母挺热情的，凯尔说他很喜欢这样一家人吃饭的气氛。

吃晚饭的时候，妹子老爸喝高兴了，非要教凯尔下象棋。凯尔倒是不拒绝，他对中国的一切都有新鲜感。我无话可说，只能陪着凯尔和老爷子下棋。

刚开始还好，但凯尔的领悟力很强，脑子转得快，上手以后，竟然连赢老爷子几盘。

刚开始我以为是老爷子有意让凯尔的，因为每次他都说：“下一盘我不让你了哦。”可每次下一盘还是输，之后老爷子就开始动不动悔棋了。

凯尔一开始也没说什么，可到了后来，时不时哼两句：“Let it be，let it be。”老爷子听多了，就问这句话什么意思。

凯尔一脸尴尬地看向我。

我解释是顺其自然的意思。

老爷子又看了看妹子，妹子点头说：“是。”

老爷子对着凯尔竖大拇指点头，说：“莱斯！心态好得不像样！该派你当老师！”

凯尔问我：“什么叫莱斯？什么叫该派？”

我说：“该派就是理所应当的意思，莱斯就是好的意思，据说是nice的音译。”

凯尔点了点头，说：“莱斯！”

晚上回去的路上，凯尔说："今天带你来是明智的呀！幸亏有你！"

我问："为什么呢？"

凯尔说："其实，我那句是南京话'赖（皮）得一逼'！"

我除了一脸的"卧槽"还能做什么？发微博！

凯尔问我："在干吗？"

我说："发微博。"

凯尔又问："这样的内容发微博有人看吗？"

我说："有啊！简直就是喜闻乐见。"

凯尔说："那你帮我也注册一个吧。"

我说："好。"

凯尔说："谢谢，那你顺便帮我想个有趣的名字吧。"

我想了想，说："就叫'凯尔是歪果仁'好了。"

凯尔问："什么是歪果仁？"

我说："这是模仿外国人说中文'外国人'这个词的发音。"

凯尔一拍方向盘，说："莱斯！"

4

广告进入拍摄阶段，凯尔也开始了外教工作。

有天晚上他约我一起吃饭，聊到了他班上一个调皮的孩子，令他非常头痛。

我说："你一定要叫家长了。"

凯尔说："不，这种做法是残忍的。"

我感到很奇怪，他竟然用了"残忍"这样的字眼。

凯尔想了想，说："说残忍好像有点儿过了，我找不到合适的字眼，总之我觉得不太合适。"

我说："你会这样想，背后一定有故事。"

凯尔指了我一下，然后对我竖起中指。

我说："卧槽！至于吗？"

凯尔说："你中指上有菜叶。"

我低头看了看，的确如此。

凯尔说："这件事让我想起了我哥哥（堂哥）和侄子本。"

5

本今年十二岁。用老师的话说，他的身体里一定困着一个恶魔，随时准备着跳出来。

因为逃课的事，老师把本的父亲，也就是凯尔的堂哥汉森请到了学校。

老师告诉汉森，本累计逃课的时间长达整个学期的三分之一。除此以外，他还搞过一些小破坏和恶作剧，比如偷化学试剂，比如上课问一些奇怪的问题，比如给女生写情书，等等。

汉森一直沉默地听老师一条条念本的罪状，脸上始终带着浅浅的微笑，当然，其中多少夹杂着些歉疚。

老师说完后，汉森问本："老师没有冤枉你，对吧？"

本点了点头。

汉森又问老师本的成绩和作业完成情况。

老师说："这是唯一值得安慰的地方，他的成绩中等偏上，作业也没有拖拉过。"

汉森问："本有没有给别人带来过麻烦或者伤害，无论是生理上的还是心理上的？我是说那些同学。"

老师想了想说："暂时还没有。"

汉森说："感谢上帝，事情还不算太糟糕。但对于本的表现，作为父亲，我的确应该好好检讨。我想下次我再出现在这里的时候，应该是感谢您长期以来的照顾。感谢您让本可以顺利升入七年级（初中）。"

汉森说完礼貌地伸出手。

老师和汉森握手，说："我也希望如此。"

6

回到家以后，汉森和本在沙发上进行了一次谈话。

用汉森的话说，这是男人之间的对话。对话时，他和儿子是同等地位的。

汉森说："首先我应该和你说对不起。我让你看到了人的两面性。我始终对卡罗斯（老师）保持谦和认同的态度，但实际上我基本上不赞同他的看法和想法。这就是现实，总有一天你会明白的。"

本说："我懂的。就好比大家都怕劳尔（本班里一个很壮实野蛮的孩子），心里恨不得把他丢进粪池，但又不得不赞同他所有的做法和想法。很简单，是为了活命。"

汉森笑着摸了摸本的头："看来劳尔的身体里才困着可怕的恶魔，你说呢？"

本笑了笑，说："管他呢，反正我不怕他。"

汉森说："好样的，但你得注意安全。"

本点了点头。

汉森接着说："你虽然逃课，但你的成绩算中上等，作业不拖拉，也没有做过任何伤害别人的事情，所以我觉得你是个合格的学生，是个好孩子。"

本说："谢谢你，爸爸。不过你真的觉得我这样不守规矩是没问题的吗？"

汉森说："如果你的违规伤害到了别人或者自己，就有问题，但是你没有，那这就不是问题。你迟早有一天会规规矩矩地做事，也许是二十岁以后，也许是三十岁以后，这是现实。"

本说："就像你现在这样。"

汉森说："对的。所以你现在可以尽情地违规，违规的前提是不要伤害到别人，更不要伤害到自己。这是你成长的一部分，也是年轻人的特权。反正迟早要规矩地生活，不如趁着现在好好享受违规的乐趣。你说呢？”

本说：“我觉得自己太幸福了！”

汉森说：“那就好。”

本说：“如果妈妈还在，她会赞成你的说法吗？”

汉森摸了摸本的头，说：“她一直站在我们这边。”

本说：“真好。”

7

凯尔开车送我回家的路上，我问了凯尔一个你们一定想问我的问题：本的妈妈去哪儿了？

凯尔说：“去天堂了。”

我说：“不好意思。”

凯尔说：“没关系，又不是你干的。”

我说：“喂！开这种玩笑不合适吧？”

凯尔说：“装什么，你微博上没少写没品的段子。”

我又一脸的“卧槽”！

凯尔说：“汉森年轻的时候很疯，你在电影里看到的放浪形骸的事，他几乎都做过。”

我惊叹，“放浪形骸”这四个字我都写不全，他竟然会说了！

凯尔说：“后来汉森遇到了卡莲娜，疯狂地追求她。汉森的朋友笑他是个疯子，因为卡莲娜是个很本分的女孩。结果汉森竟然真的追到了卡莲娜，并且很快结婚，后来就有了本。在单身告别派对上，汉森对我说，他问卡莲娜：‘你不介意我之前那样放纵吗？你可是个很规矩的姑娘呀。’卡莲娜说：‘你迟早有一天会规规矩矩地做事，也许是二十岁以后，也许是三十岁以后，这是现实。所以你现在可以尽情地违规，违规的前提是不要伤害到别人，更不要伤害到自己。这是你成长的一部分，也是年轻人的特权。反正迟早要规矩地生活，不如趁着现在好好享受违规的乐趣。你说呢？’”

此刻，我的脸上已经堆不下“卧槽”了。

卡莲娜是个守规矩的姑娘，但是她总觉得过于规矩反倒成了青春的遗憾。因为守规矩，她错过了太多的事，比如友情，比如激情，比如兴趣爱好，但还好，她没有错过汉森。这是她这辈子唯一一次不守规矩。因为她的父母坚决反对她嫁给汉森，但是她坚持做到了。遗憾的是，本四岁的时候，卡莲娜死于一场交通意外。

凯尔说：“卡莲娜走了，汉森还活着，他说卡莲娜也活着，比以前活得更好，因为他们现在共用一个身体。”

我内心感动却不知道该怎么表达，只能看向车窗外往后倒退的夜景，突然感叹地对凯尔说：“卧槽！快停车，就快上沪宁高速了！”

晚上躺在床上，回想着自己的过去，突然感觉年轻真好。你看，我们还年轻，不用着急规规矩矩地生活，这是以后的事，你躲也躲不开。我们还年轻，不用害怕失败和挫折，一切都还有翻身的机会。因为，我们还年轻。年轻最大的敌人不是折腾，而是错过。

8

九月底的时候，项目全部完成，凯尔要回美国了。

临别前，凯尔给我一张纸，我打开看了看，上面画着一个小人在冰箱里。

我问凯尔什么意思。

凯尔说："给你个提示吧，冰箱里的人是我。"

我说："你要我猜什么？"

凯尔说："我也不知道该怎么说……就猜一句话吧。"

我问："什么话？"

凯尔笑了笑说："你猜呀。"

我笑了笑说："好吧，我慢慢琢磨。"

凯尔看了看表说："时间差不多了，我走了。"

我说："好，一路平安。希望有机会再见。"

凯尔说："我也希望，也许很快就会再见了呢。对了，你还欠我一个微博。"

我笑了笑，两人拥抱了一下，之后目送着凯尔离开。

到了家，我帮凯尔注册了一个微博，名字就叫“凯尔是歪果仁”，希望他很快可以用上。

第二天中午，我收到凯尔的微信，那是做项目时May帮他申请的。

凯尔说：“午安，耀一，回到家真舒服呀，不过有点儿想你。”

我回：“你别这样，我是结了婚的人。”

凯尔回：“哈哈哈，你一点儿都不浪漫。”

我把帮凯尔申请的微博截图给他看，他发来开心的表情，回：“太好了！真想早点儿用上。”

我回：“作为报答，告诉我那张纸的谜底吧。”

凯尔回：“I don't care①。”

我回：“浑蛋，可是我很care！想不出我会失眠的！”

凯尔回：“不不不，我说的是答案。我在冰箱里挨冻，就是挨冻凯尔呀。”

我回：“……”

凯尔，你也许会成为微博上第一个外国段子手吧，我想。

---

① 意为“我不在乎”。

凯尔和他的无人区

每个人心里都有个无人区，说是无人区却藏着很多人，只是你不想让这些人见光而已。这些人一辈子都走不出你的心，而你也无法用好和坏来定义他们。

1

十一月初的时候，再次接到那家合资广告公司的邀请，参与一个新项目，依然是之前的客户。他们对上次的合作非常满意，希望这次合作的是原班人马。

挂上电话我有种说不出的喜悦，我想也许凯尔要回来了。

晚上给凯尔发了条微信，问他是不是要来南京。

直到第二天他都没有回复，不知道为什么，我的心情有点儿糟糕。

2

有天晚上正在写稿，突然有一个陌生来电。

接起电话，那边传来久违的声音："哟，耀一，我是凯尔。出来喝两杯吧！我刚刚看了部电影，特别想和你聊聊。"

裹衣夜行到约定地点，凯尔正站在酒吧门口等我。他将近一米九的瘦高个儿穿着灰色大衣，和另一边的电线杆简直就是佳偶天成。

酒吧里人不多，表演也已经结束。我们找了个角落的位子坐下，点好酒和小吃，开聊。

我问："你看的什么电影，这么兴奋？"

凯尔说："哎哟，《无人区》哎！好看得一逼哎！"

我说："你能好好说话吗？你能不能不要哎哟啊？南京大妈说话才会这样，或者是娘炮。"

他愣了一下，说："对哦！我就是和卖菜大妈学的。哎哟，活丑[①]。"

服务员不知道什么时候站到了我们身边，手里拎着一打啤酒，看着凯尔，一脸"卧槽，吓尿了"的表情。

服务员开酒，离开，临走还不忘再看凯尔一眼，全程下巴拖在地上。

我们各自拿起一瓶碰了一下，喝上一口后继续聊。

我说："你这样学南京话，这次不打算回国了？"

---

① "糗大了"的意思。

凯尔笑了笑，说："别忘了，我是挨冻凯尔，哈哈哈。不谈这个，先聊电影。"

我点了点头，问："你看《无人区》毫无障碍吗？"

他说："就像你们看美剧一样，听不过来就看字幕呀。"

我说："你现在看中文没问题了？"

他说："嗯，回去后我找了中文家教，我太喜欢中国了。嗯，也许是喜欢南京吧。"

我说："好吧。那电影风格方面呢？你觉得怎么样？"

他说："这么讲吧，我就当是看昆汀[①]的片子，只不过演员都是中国人，把马换成了车。"

我想了想，说："真特么到位！"

他说："我有个问题想问你。"

我说："讲。"

他说："这么精彩的片子四年前被禁了？Way more？Way more？"

哐当一声，服务员把小吃盘子摔落在地，一脸惊讶地看着凯尔，下巴依然拖在地上。

我问服务员："你怎么了？"

服务员说："他……一个老外……竟然会说'为毛'？"

我问凯尔："你刚说的是'为毛'？"

---

① 昆汀·塔伦蒂诺，20世纪90年代美国独立电影革命中重要的导演。

凯尔点头答："对啊！"

我看向服务员，心想你外语这么牛你家里人知道吗？

缓过劲来的服务员开始收拾地上的盘子。

我接着说："因为全片里没有一个正面角色，也就是没有所谓的好人。"

他一脸疑惑地问："律师舍己为人，命都不要了，不算正面吗？或者结尾那个老师呢，不算正面角色吗？"

我说："老师那段是后加的，只是为了通过审查，顺利上映。"

他恍然大悟地点了点头："豁使滴[①]！"

"哐当"一声，服务员刚收拾好的盘子再次掉落在地。

幸好盘子是不锈钢的。

我说："你去吧，我们自己来。"

服务员有些尴尬地说："那怎么好意思呢？"说完，头也不回地以"就这么愉快地决定了"的姿态转身走了。豁使滴！

我和凯尔继续聊《无人区》。

3

凯尔说："你们这里的电影里必须都是正面角色吗？"

我说："全世界都一样吧？"

① 南京语气词，用来表示疑惑或不相信，此处可理解为"开什么玩笑"。

他说："不一定。那所谓正面角色就是好人的意思吗？也就是说，一部电影里一定要分出好人坏人才可以公映吗？"

我说："你可以这么理解。"

凯尔说："我觉得没有纯粹的好人和坏人，成人看待周围的人，是不会用好人或者坏人来界定的。好人可能有污点，坏人偶尔也会做善事，这也是我觉得《无人区》最有意思的地方。你把整个故事当作一个人来看，这个无人区就是人的心，说是无人区却藏着很多人，只是你不想让这些人见光而已。这些人一辈子都走不出你的心，而你也无法用好和坏来定义他们。"我看着凯尔，嘴巴微张1cm[①]。

凯尔用他的酒瓶碰了一下我的酒瓶，然后喝了一口，说："看来你不太明白我的意思。"我狗头乱点。

凯尔说："这样，不谈电影，我来说几个故事，你来判断好人与坏人。"

我说："好。"

凯尔说："有一对夫妻……"

我说："等下，故事发生在中国还是美国？"

凯尔问："这很重要吗？"

我说："嗯，我方便代入思考。"

凯尔说："好吧，那就当发生在美国。"

① 即厘米。

4

凯尔说：“这对夫妻的孩子出了意外，需要输血，孩子的父亲去输血。”

我说：“等一下，这个故事有bug。”

凯尔问：“怎么了？”

我说：“直系亲属间输血存在一定的风险。这点已经得到证实，虽然不是百分之百。”

凯尔说：“嗯，你是对的，但你听我说完。我所在的城市是这样的，如果你的家属需要输血，那么你可以去捐血，换取同量同血型的血液。”

我说：“我错了，你继续。”

凯尔继续说：“输血前需要验血。验血之后，父亲被医生叫到一边，告诉他，他可能不是孩子的亲生父亲，但不完全确定，需要的话，可以去做DNA鉴定。于是，孩子的父亲去问孩子的母亲。孩子的母亲这时才坦言，这个孩子是她和情人生的。孩子的父亲并没有当场发怒，他让妻子赶紧通知孩子的亲生父亲过来，先把孩子救活才是关键。于是孩子的母亲赶紧拨通了情人的电话。谢天谢地，情人及时赶到，救活了孩子。”

凯尔拿起酒喝了一口，然后问：“你说，丈夫、妻子和情人，这三人谁是好人，谁是坏人？”

我说："从常规意义上看，妻子背叛丈夫，反面角色。丈夫以救孩子为先，好人一个。至于那个情人，他知道对方已婚吗？"

凯尔说："是的，他知道。"

我说："那从理论上说，他也不够正面。"

凯尔抬了下眉毛，说："先放下这个故事，我再说第二个故事。"我点头。

5

凯尔说："有一对年轻人结婚了。婚后不久妻子就发现丈夫酗酒，而且对性生活似乎也没有什么兴趣，经常一个月也就一两次，有时候甚至可以整个月都不碰她一下，哪怕是上班前的GB Kiss或者睡前的GN Kiss[①]也没有。妻子尝试过与丈夫沟通，可丈夫总是以各种借口岔开话题，甚至有时候在妻子提出问题后，丈夫就找借口出差，离开家一段日子。妻子曾怀疑丈夫是不是有外遇，或者性取向有什么问题，可是经过调查，丈夫在这方面没有任何问题。

"妻子可以忍受没有性生活，但她无法接受没有交流的日子。妻子开始偶尔去酒吧喝酒，通过喝酒来缓释生活中的苦闷。就这样，她遇上了一个年轻人，而这个年轻人之后成了她的情人。没过多久，她怀上了情人的孩子。她曾试图打掉这个孩子，可情人苦苦哀求她不要

① GB Kiss即Goodbye Kiss，指告别前的亲吻；GN Kiss即Goodnight Kiss，指晚安吻。

扼杀这个可怜的小生命。于是，妻子心软了。

“丈夫很快就发现了妻子怀孕的事，妻子告诉丈夫，这孩子是他一次酒后意外的结果，丈夫不但相信了妻子的话，而且从这天开始，对妻子的态度也大为改观，一直到孩子出生。”

凯尔喝了口酒。

我问：“这对夫妻就是第一个故事里那一对吧？”

凯尔点了点头，说：“现在再来看，丈夫、妻子、情人，这三人谁是坏人，谁是好人？”

我想了想，说：“好与坏的界限已经开始模糊了，丈夫虽然被背叛了，但对于妻子的出轨他也有一部分责任。仅从丈夫的角度来说，他不够称职。而妻子虽然出轨，但她也有自己的苦楚，不过为什么她宁愿选择出轨也不选择离婚呢？”

凯尔说：“不，妻子曾提出离婚，但丈夫没有同意。”

我问：“为什么不同意？”

凯尔又抬了下眉毛，说：“差点儿忘了，给我一颗话梅。”

凯尔看了看散落在我脚边的话梅。

我捡起一颗递给他，他吹掉上面的浮灰，问：“这是西梅做的吗？”

我说：“可能吧。”

他把话梅放进其中一瓶酒里，轻轻晃了晃。

我好奇地问：“你不会是要喝吧？”

凯尔说："韩国朋友问我喝啥哟[①]，我说：'豁使滴！'"

尼……玛，来人！放空调！

凯尔笑着把酒放到一边，说："不闹不闹，来，我再给你说第三个故事。"

我说："好。"

6

凯尔说："有一对年轻人，他们上同一所高中，考入同一所大学，又在同一个部队服役了一段时间，之后两人被安排到了不同的公司工作，但依然在同一个城市。"

我问："这是要搞基[②]的节奏啊？"

凯尔笑了笑，说："对。"我狗躯一抖。

凯尔接着说："他们原本以为一辈子都可以在一起，但最终还是被其中一个的家人发现了，并对此提出异议。我们就叫他A先生吧。A先生对这件事非常苦恼，他不想分手，但又不愿跟父母闹僵。不过最终他妥协了，向爱人提出了分手。

"分手那天是圣诞节，A先生和他的爱人，就叫他B先生吧，在

① 取韩语"你好"的发音。在南京话中，"喝"与"豁"发音相近。

② 指男性同性恋行为。"基佬"一词指男性同性恋趋向者，指某一种喜欢男人的男性，"搞基"则为相应的动词。现多指两个男性有过于亲昵的举止，并且双方都有同性恋倾向。

一个小旅馆里度过了分手之夜。他们抱头痛哭，喝得烂醉如泥。也是从那天开始，A先生养成了喝酒的习惯。分手后，B先生曾三番五次提出复合。但是A先生知道这是不可能的事了，于是他决定尽快结婚，彻底打消B先生复合的念头。就这样，分手半年后，A先生结婚了。

“结婚后，A先生发现自己实在无法像正常的丈夫那样去呵护、关爱妻子。特别是每次做爱，他都有一种说不出的负罪感，觉得既对不起妻子，也对不起B先生。于是他尽可能地忙着工作，尽量减少在家里与妻子相处的时间。可越是这样，他越是痛苦。直到他发现妻子有了外遇，他突然感觉被救赎了，因为他发现妻子外遇的对象正是B先生。”

我狗躯又一抖，问：“这尼玛叫救赎？”

凯尔说：“妻子对于B先生来说，只是报复的工具，而A先生知道妻子有外遇，却假装不知道，甚至连妻子和爱人的孩子都视如己出。但无论怎样，你别忘了，妻子背叛丈夫，出轨了。你说，丈夫、妻子和情人，这三人谁是好人，谁是坏人？”

我单手扶额，说：“我这会儿脑子有点儿乱，你让我想想。”

凯尔说：“不着急，你慢慢想。”

我问：“这三个故事里的人都是同一批的吧？”凯尔点头。

我问：“那你不是说，妻子没有发现丈夫性取向有问题吗？”

凯尔说：“是呀。A先生只爱B先生，他并没有对别的男性表现出过什么，他的妻子自然发现不了什么。”我点了点头。

凯尔说：“有结论了吗？谁好谁坏？”

我摇了摇头，说：“不好说。”

凯尔说：“妻子背叛丈夫，虽然情有可原，但背叛本身是错的；丈夫虽然被背叛了，甚至养大了妻子和情人的孩子，看起来他是可怜的，但事情发展到这一步，他也有责任；情人为了报复前任而勾引他的妻子，并与之生下孩子，用心看来是恶毒的，但他也是因为被抛弃。另外……”

凯尔说到这里停顿了一下，拿起酒瓶，碰了一下那个装了个话梅的瓶子，然后喝了一口，说：“他在那个孩子康复不久后就出意外死了。很巧，那天也是圣诞节，他买了给孩子的礼物，准备去A先生家，结果在路上被几个人抢劫，枪杀了。据说，他死的时候，手里拽着被扯烂的礼物盒子，礼物已经被抢走了。”

凯尔叹了口气，说：“无论怎样，他对孩子是真心疼爱的，就这点而言，他算是个好父亲。所以我无法定义他是好是坏，相信你也一样。”

我点了点头，说：“以上三个人都无法定义好和坏。”

凯尔抬了下眉毛。

7

又喝了一打酒之后，小酒吧里只剩下几个客人了。

我说："时间也差不多了，今天先聊到这儿吧。"

凯尔说："好，最后聊两句。"

我说："好。"

凯尔说："你知道为什么 A 先生愿意养大妻子和情人的孩子吗？"

我说："因为那也是他爱人的孩子吧。"

凯尔说："嗯。而且这孩子长得和他的爱人很像。A先生说，看着这孩子就像看见爱人一样。这孩子是爱人留给A先生唯一的纪念品，或者说遗物。"

其实整件事里，最幸运的算是这个孩子了，毕竟母亲、生父和养父都对他很好。

我点头，问："那妻子最后知道事情的真相了吗？"

凯尔说："知道了。在情人来到医院后，丈夫就把这件事对妻子说明白了。因为看到妻子流着泪请求他宽恕，他觉得自己也是有过错的一方，他也有对不起妻子的地方。之后三人对于自己的过错都表示忏悔，并达成共识，以后会和睦相处。当然，仅仅是好朋友之间的相处，不涉及性。如果不是情人的意外离世，那个孩子永远不会知道这个秘密。这对夫妻之所以告诉孩子真相，也是出于对离去者的尊重，毕竟他是孩子的亲生父亲。"

凯尔说完，喝掉最后一口酒，说："对了，忘了说一个细节。A先生的爱人有个习惯，每次喝酒都会往酒里放一颗西梅。自从爱人离世后，A先生每次喝酒都会在其中一瓶里放上一颗西梅，感觉就像爱人坐在身边一样。受他的影响，孩子长大后，也养成了这个习惯，用以表达对生父的怀念。”凯尔看向那瓶放着话梅的酒。

看着凯尔的举动，我突然明白了，看着凯尔，说：“那个幸运的孩子就是你？”

凯尔笑着点了点头，说：“放心，我喜欢女孩子。”

我开玩笑说：“少来！难怪第一次见面你不选择握手，而是拥抱。”

凯尔说：“好吧，事到如今我告诉你实话吧。其实……那天洗手间里的水龙头坏了。你懂我的意思吧？”

我想打人！

8

回去后继续工作，做人物大纲。在归类正面角色和反面角色的时候，突然想起凯尔说的话，每个人心里都有个无人区，说是无人区却藏着很多人，只是你不想让这些人见光而已。这些人一辈子都走不出你的心，而你也无法用好和坏来定义他们。

我竟然被一个歪果仁用国产片教育了，豁使滴！

凯尔和他的朋友们

人生就是感情堆积成的一段旅程。起点就是终点，没有所谓开始，也没有所谓结束。它是圆的。

1

项目进展得很顺利，这次的时间长，任务量也大，所以我和凯尔私下见面的时间没有那么多了。

母亲节第二天的中午，我接到凯尔的电话，他说："汉森给我打了个电话，说了件关于本的事，我想要第一时间告诉你，帮我发到微博上和大家分享吧。"

我说："呸。"

凯尔说："OK，我就当你答应了。"

凯尔你赢了！

事情是这样的。

2

母亲节的上午，汉森带着本去墓园祭拜了卡莲娜。回来时路过一家大型超市，刚好又是午饭时间，于是汉森决定带本在超市附近很出名的一家儿童餐厅吃午饭。这家餐厅是本最喜欢的儿童餐厅之一，因为除了味道好以外，还经常出售一些新奇的玩具。

吃完饭准备结账的时候，本拿过来一只小熊要买。汉森觉得很奇怪，因为本从小到大从来不玩这种女孩子的玩意儿，但他没有提出任何疑问，因为他相信儿子买这个小熊肯定有原因，也许是送给哪个心仪的小姑娘吧。

从儿童餐厅出来到停车场，汉森按照惯例先拉开了副驾驶的门，但是本没有像往常一样上去。本抱着小熊说："今天我想坐在后面，这样我可以和我的朋友在一起。"

汉森微笑着点了点头，帮本拉开了后门。本高兴地抱着小熊钻了进去。

汉森发动车子，他带着本去和女朋友安娜约会。

除了第一次见面以外，几乎每次和安娜约会，汉森都带着本，他希望本能慢慢喜欢上这个未来也许会成为新妈妈的女人。

从这点上来说，汉森很感激安娜，因为她从来没有抱怨过，即便本对安娜不是很友善。当然，这也不能怪本，毕竟妈妈卡莲娜在本的心中占据了太重要的位置。

到达约会地点后，令汉森和安娜都没想到的一件事发生了，本把那只小熊送给了安娜。之前在车上，本把小熊从包装盒里拿出来玩了半天。不过给安娜的时候，小熊又被重新放进了盒子里，看起来就像没有被拿出来过。

按照习惯，礼物当面拆开比较礼貌。可是当安娜准备拿出小熊的时候，本说："请你回去再拆开好吗？"

安娜微笑着点头，接受了本的提议。

晚上的时候，安娜给汉森打来电话，语气听起来很激动。

安娜说："亲爱的，你知道吗？本在小熊里录了音！他说：'我是妈妈给爸爸的礼物，而你是上帝给爸爸的礼物。所以爸爸有多疼爱我，我想他也就有多疼爱你。我不是很喜欢你，但我爱我的爸爸，所以我希望他开心。好吧，祝你母亲节快乐，这是我送给你的礼物。我的意思是说，可以让你过上母亲节，我很高兴。'之后停顿了五秒，小家伙说：'你好，新妈妈，我是本，很高兴见到你。'"

听到这里的时候，汉森一个大男人眼里满是泪水。

安娜说："替我亲亲我们的本，告诉他，谢谢他的礼物。我爱他，即便只是个新妈妈。"

汉森这会儿才明白过来，原来本一反常态要坐在车后面，是为了给新妈妈录音。

电话说到这里的时候，我能感觉到凯尔也很激动。

我问："你身边总有这样暖暖的正能量吗？"

凯尔说："我觉得是吧。当然，除了你。"

我狂叫："我怎么了？我怎么了？我怎么了？"

凯尔大笑："哈哈哈，开个玩笑哈，你憋[①]激动。"

我一愣，说："你说话怎么一股大碴子味儿？"

凯尔问："什么叫大碴子味儿？"

我说："就是东北腔。"

凯尔说："哦，可能因为助理是东北人的关系。"

我笑了半天，问凯尔："说起来，你母亲节送了什么礼物给你妈妈吗？"

凯尔说："没有呀，我觉得没必要。你爱一个人的话，送礼物为什么还要挑日子呢？"

我说："在特殊的日子送礼物更有意义呀。"

凯尔说："当所有人都在同一天做同样的事时，我真想不到这天有什么特殊。想到什么就去做，别想着事情因为日子而特殊，要想着日子因为你而特殊。"

我想了想，这话好像有点儿道理。

---

① 模拟"别"字的东北腔发音。

凯尔又说："对了，听说520（5月20日）在你们这儿也是一个节日？我还是第一次听说。"

我说："对呀，520的谐音是'我爱你'。"

凯尔说："哦，真浪漫，挺有意思的。"

我问："所以520你有什么打算吗？"

凯尔说："不知道，到时候再说吧。"

我说："好。"

520的时候，凯尔给我打了个电话，简短地说了九个小故事，都是关于他的朋友的。我帮他整理出来后，发到了微博上。

作为报酬，他会定期请我吃比萨。

我问："为什么请我吃比萨？"

凯尔说："我很久没吃了。"

好吧！凯尔你特么赢了！

3

一周后的一个傍晚，我接到凯尔的电话，他说有两个小时的空闲，约我去了他们公司楼下的必胜客。

我说："你那九个小故事很受欢迎你知道吗？"

凯尔说："嗯，意料之中。"

我说："你这么傲娇合适吗？"

凯尔说："不是傲娇，是因为我知道，关注我的人都是善良的，但没想到转发量差不多有一万呢。哎，你一般转发量有多少？"

我怒吼："服务员，点餐！"

凯尔接着说："等我忙完，我继续发那些小故事，好不好？你帮我。"

我说："那你先告诉我那九个故事的完整版，好不好？"

凯尔说："好。"

比萨来了后，我们边吃边聊，凯尔告诉了我那九个故事的完整版。

凯瑟琳

凯瑟琳和黛儿从幼儿园开始就一直很要好，认识她们的人都说她们就像亲姐妹一样，双方的父母都把对方当作自己的孩子一样疼爱。

她们一起经历了无忧无虑的童年时代、灿若夏花的少年时代，转眼到了爱情大过天的年纪，友情因此第一次遭遇了爱情的冲击。

黛儿发现凯瑟琳的男朋友是个两面派，表面上浪漫而专一，温文尔雅，但实际上是个花花公子，而且还有赌博的恶习。黛儿几次向凯瑟琳提出赶紧分手的建议，凯瑟琳都只是敷衍而已。她渴望完美的爱情，但也不想失去黛儿这个挚友，这令她有段时间陷入烦恼。

有人说过，人一旦陷入爱里面，智商就会瞬间变成零，这件事在凯瑟琳身上得到了很好的验证。她竟然把这个苦恼告诉了男朋友。而男朋友则假装很大度地帮凯瑟琳分析，他说黛儿这样诋毁自己，只是害怕会因此失去凯瑟琳，对此他很能理解，并提议凯瑟琳有空多陪陪黛儿。

男朋友的大度和贴心让凯瑟琳大为感动，而另一边黛儿依旧不停地提出让她赶紧和男朋友分手的建议。相比之下，凯瑟琳觉得黛儿有些咄咄逼人了。她曾让黛儿拿出证据，但黛儿拿不出任何证据，因为凯瑟琳的男朋友已经开始处处提防黛儿了，他不会傻到偷吃不擦嘴的地步。

凯瑟琳与黛儿的关系因此渐渐疏远起来，几乎成了最熟悉的陌生人。

所谓纸包不住火，凯瑟琳怎么也没想到，男朋友会在他们恋爱纪念日的第二天和别的女孩约会甚至“车震”。当凯瑟琳上前质问男朋友的时候，对方直言不讳，承认和凯瑟琳在一起只是因为她听话并且有钱，仅此而已。

凯瑟琳终于明白了黛儿的良苦用心，但碍于面子，即便是和男朋友分手后，也没有联系黛儿，而是隔三岔五地和同事、朋友去酒吧喝酒跳舞，从一个夜到另一个夜。

有天晚上，黛儿看到电视新闻里报道某酒吧发生重大火灾，当镜头扫过医院里收治的受伤酒客时，黛儿看到了凯瑟琳的父母，看着他们伤心难过的表情，黛儿意识到凯瑟琳出事了。

在凯瑟琳住院期间，黛儿利用几乎所有的空余时间陪伴凯瑟琳，直到她康复出院。对于当初凯瑟琳的态度，黛儿没有任何怨言，反倒自责不该轻易放手，让凯瑟琳受到这样的伤害，既包括心理上的也包括生理上的。

也许上帝真的偏爱天使一般的人吧，在陪护凯瑟琳期间，黛儿与凯瑟琳的护理医生相爱了。

出院后大约半年的某天上午，凯瑟琳接到黛儿的电话，这通电话对她来说意义非凡。

凯瑟琳接完电话，激动地对母亲说："我真的太意外了，终于可以参加黛儿的婚礼了。她是我最好的姐妹！上帝保佑，如果有来生的话，我希望还可以和她做好姐妹。当然，如果是亲姐妹就更好了！我现在真的好激动！你知道吗？她邀请我做伴娘中的一个。"

自从凯瑟琳出院以来，这还是凯瑟琳的妈妈第一次见到她这样发自内心地大笑，因为那场意外的火灾令凯瑟琳毁容了。

蕾娜

蕾娜的父母一直反对她和男朋友泰德在一起，因为泰德是做音乐的，而且不是那种高大上[①]的传统音乐。他们坚信做这种小众音乐的人不靠谱儿，而且收入也不稳定，最关键的是，这些人大多吸毒、滥

① 网络流行语，指高端、大气、上档次。

交，人品碎成渣。这些在报纸上是屡见不鲜的。他们不希望女儿结婚后常常戴着墨镜来哭诉自己的不幸。

也难怪蕾娜的父母会这么想，看看她家的家庭结构就会明白。蕾娜的父亲是政府公职人员，母亲是教师，姐姐是医生，姐夫是警察。如果蕾娜的男朋友是律师的话，那么在父母看来，这个家庭才是完美的。

相对于父母的执意反对，蕾娜的姐姐选择了折中的方式。她建议蕾娜测试一下泰德，如果测试结果表明泰德的人品没有问题，他是真心爱蕾娜的，那么就应该给蕾娜追求幸福的自由。

父母经过一夜的思想斗争，同意了大女儿的决定，而蕾娜也接受了姐姐的建议，在她看来，姐姐是在帮自己，而她也坚信，泰德是爱自己的。

姐姐让蕾娜测试泰德的方式很简单，用一根特制的验孕棒，制造怀孕的假象，看泰德的第一反应。为了让这一切看起来就像是个玩笑，蕾娜选择了在愚人节这天实施这个计划。

愚人节当天，蕾娜准备好了那根特制的验孕棒。算准了泰德回来的时间，蕾娜躲进厕所里，然后假装很惊讶的样子大叫。

听到叫声，泰德冲进洗手间，蕾娜举起那根验孕棒，一脸意外的样子。

泰德看着验孕棒大叫：“哦！妈的！”说完转身跑了出去。

那一刻蕾娜伤心极了！整个人就像掉进了冰窟一样。

但很快泰德跑了进来，拿着一个存折，单膝下跪，说："怎么办？我连买戒指的钱都没存够！"

蕾娜的心几乎要从嗓子眼儿里跳出来，她说："让戒指见鬼去吧！哈！"

说完蕾娜拥抱了泰德。泰德哭得像个孩子。

蕾娜现在已经有了一个两岁的宝宝。她说："泰德当时那句话，是我这辈子听过的最甜蜜的情话，远胜于亿万句'我爱你'。"

保罗

保罗的母亲去世后，父亲的身体每况愈下，不到半年就得了老年痴呆。为了更好地照顾父亲，保罗把他接到家里来一起居住。

父亲自从搬过来以后，虽然病情没有好转，但精神状态比以前好了许多，特别是和孙子汤姆的关系尤为亲近。和汤姆在一起的时候是老爷子看起来最快乐的时候。

汤姆曾私下和保罗说："我知道爷爷很喜欢和我一起玩，但我不太明白为什么他总是叫错我的名字。我并不介意，你说过的，爷爷的记忆力出了点儿问题。我只是好奇，他总是叫错的那个名字到底是谁？"

对于儿子的疑问，保罗也留心做了观察，的确，父亲总是把汤姆叫作科恩，有时候也管他叫猴子。保罗把这件事告诉了父亲的主治医生，经过分析，医生告诉保罗，老爷子的记忆估计停留在了孩童时代，他应该一直误认为孙子是当年的好友，那个叫科恩的人。

保罗翻阅了父亲当年的学校年鉴，希望可以找到这个叫科恩的老人，可惜因为年代久远，寻找未果。

因为工作升迁的关系，保罗一家要搬家，而汤姆也不得不面临转学的问题。

转学的前一天，汤姆吃饭时有点儿闷闷不乐。

饭后保罗问汤姆："你看起来有些不开心呀，是不是因为舍不得同学？"

汤姆说："不是，是因为舍不得爷爷。"

保罗先是愣了下，但很快就明白了儿子的意思，汤姆知道爷爷把自己当作同学，现在自己要转学了，那爷爷怎么办？

于是，那晚保罗和汤姆一起给父亲制作了一份转学通知书，之后还特地帮父亲制作了一套新学校的校服。

第二天一早，当老爷子拿到转学通知书的时候，第一句话就是："我走了，科恩怎么办？"

汤姆拉着爷爷的手，举着自己的转学通知书说："嘿嘿，你看，我们会永远在一起，我是甩不掉的猴子，对吧？"

老爷子笑着点头，和汤姆手拉着手走出了门。

保罗说："那个清晨的天空是我见过最蓝、最美的天空。"

麦克

麦克小时候很乖巧，完全不像男孩子，他总是静静地在书房里看书、画画、做拼图和模型。他的父母对此感到很欣慰，觉得麦克长大后一定会是个不同寻常的人。麦克自己也不太明白，为什么对于足球、橄榄球、牛仔游戏和玩具枪这些男孩子的心头爱没有半点儿兴趣。

当念到初中的时候，他开始发觉自己身上有些不太科学的地方，明明对于男孩子的爱好没有任何兴趣，却只愿意和男孩子们待在一起，明明兴趣爱好和女孩子们比较相投，却不愿意和她们有任何接触。

关于这点疑问，麦克没有对任何人说过，他只是觉得这可能是发育过程中的一种特殊现象，就像长胡须、变声以及喉结慢慢会凸出一样，总会在某个时间点停止，然后成为常态。但事实证明并非如此，相反，麦克发现自己变得越来越奇怪，一直到进入高中住校以后，麦克才确定，自己的性取向出了问题。

麦克对父母隐瞒了这件事，他知道自己是父母的希望，所以他想等到和男朋友一起考上马萨诸塞理工学院后，再借着欢庆的气氛把这件事告诉父母。

虽然经过努力，麦克顺利地如愿考进了马萨诸塞理工学院，可当他宣布自己有男朋友这件事的时候，父亲的笑容立刻消失，并离开了酒店。

因为恋爱的事情，麦克一直和父亲有点儿不愉快。因此他干脆搬了出去，和男朋友住在一起。麦克和父亲从此很少联系，就这样维持了很长时间，一直到麦克毕业那年。

那是父亲生日的前一天，母亲打电话让麦克回去一趟。

到家后母亲正在准备晚餐，父亲让麦克陪他出去逛逛。在一家礼服店门口，父亲停下脚步，指着橱窗里的一套礼服问麦克："如果我穿着这套礼服参加你的婚礼，你男朋友会不会爱上我？"

那一刻麦克笑着笑着就哭了。他问父亲："你不怕别人笑话你吗？"父亲说："等他们的儿子比我儿子优秀再说。"

麦克拥抱了父亲，他说："你是这世界上最可爱的倔老头儿。"

父亲也笑着说："是啊，你也就遗传了我这点，真要命。"

费恩

费恩分手差不多快两年了，始终没有走出阴影。

分手一年的时候，费恩的死党说："一起出去旅行吧，别总待在家里，在伤心的地方待的时间越长，只会越伤心。"

那时候费恩觉得自己好像没有刚开始那么伤心了，就接受了死党的邀请。可当听到死党说出旅游的地点时，费恩觉得心头一沉，因为那是他和前女友约定好去度假的地方。所以，费恩最终还是拒绝了远行。

年初的时候，死党再一次提出一起远行的计划。因为担心可能会触碰到费恩的敏感点，死党贴心地让费恩选择远行的地点。

因为之前放过死党一次鸽子，费恩决定这次承担全部的费用。死党开玩笑说："全部费用就算了，干脆你送我一套装备好了，我最近刚巧看到一套很棒的户外装备。"

费恩自然是痛快地答应了死党的要求。

按照死党提供的链接，费恩选定了那套旅游装备，可当他准备付款的时候，才发现密码已经忘记了。那一刻费恩突然觉得整个人都轻松了，因为密码是前女友的生日。费恩觉得自己的新生活就要开始了。

回想起这两年，费恩发现其实一直是自己在为难自己，起初是不舍，后来是不甘心，接下来则变成了强迫自己不许开始新的感情，因为他总觉得开始新的感情就违背了自己当初的誓言。可问题在于，誓言的对象已经撤离了，苦守着没有对象的誓言，和守墓有什么区别？这一切细想起来，其实已经与爱情毫无关系了。

费恩现在已经结婚，并且有了四岁大的女儿。

他说："有次我抱着女儿在超市里遇见前女友，她也当了妈妈。我们彼此祝福，就像好朋友那样。我发现，若无其事才是遗忘最好的方式。虽然难，但总能做到，只要你别和自己过不去。"

美智子

美智子的父亲很反感美国，因为原子弹事件，反感程度就跟很多中国人反感日本一样。

偏偏美智子从上学时开始就对美国产生了很大的兴趣，在大学即将毕业的时候，她背着父亲抓住了去美国深造的机会。

因为要去美国这件事，父亲和美智子发生过很多次争执。父女俩互不相让，各自坚持着自己的看法，父亲更是气到抛下一句："要去美国的话，费用什么的就自己去挣好了。"美智子知道这是父亲在有意刁难她，因为赴美的时间已经屈指可数了。

不知道美智子的母亲做了怎样的努力，在去美国前几天的晚上，美智子的父亲竟然请客，召集所有的家人和亲戚一起吃饭，说是为美智子饯行。

当生鱼片被端上来的时候，美智子的父亲竟然首先自顾自夹起一块，蘸了调料后塞进嘴里。之后眼泪就流了出来，嘴里埋怨着："太浑蛋了，为什么放这么多芥末？"看着父亲狼狈不堪的样子，大家哄笑起来。

只有美智子和母亲知道，父亲吃芥末其实是个高手。

转眼几年过去，美智子深造结束后回到日本。说起那晚吃芥末的事，美智子的父亲说："没办法呀，眼泪那会儿快要憋不住了呀。"

美智子问母亲，当初父亲那样坚持不让自己去美国，她是如何说动父亲的。母亲说："我什么都没有说呀。你爸爸呀，说完狠话那天晚上，翻了一夜你的照片，嘴里一直嘟囔着：'我可是承诺过要好好爱护你的呢，男人说话要算话的，对吧？'"

美智子看向父亲，他竟然红着脸，像个孩子。

唐

唐的父亲是中国人，母亲是美国人。唐出生在美国，由于父母工作的缘故，他一直没有机会回父亲的老家去看看。

去年过年的时候，在唐的父亲的安排下，他的爷爷奶奶第一次来到了美国。

从在机场接到爷爷奶奶，一直到回到家里安顿好两位老人，唐一直在偷偷观察这两个未曾谋面的亲人，有种既好奇又紧张的心情。

唐的父母要出去采购，家里就只剩下唐和两个老人。

虽然父亲教了唐一些普通话，但两位老人说的是家乡话，唐几乎听不懂。看着两位老人满脸堆笑的样子，唐的心里不好受。从他们的动作和一些勉强能听懂的只言片语里，唐能感受到两位亲人对自己的喜爱和关切。

之后奶奶应该是提醒了爷爷一句什么，他拿出一个很旧的本子，然后戴上老花镜翻看上面的内容。唐觉得爷爷看本子似乎有些吃力，就接过本子准备帮爷爷看看，结果发现上面是一些简单的英文对话，下面还标注了一些中文作为发音备注。那晚唐在浴室里，看着镜子里的自己哭了。

唐说，明明是近在咫尺的亲人，明明是血脉相承的一家，竟然无法明白对方在说什么，无法正常沟通，这种难以名状的酸楚可能很多人都体会不到吧。

凯特

凯特出生于一个普通的工人家庭。由于家里的经济条件不是很好，他们居住在一个环境比较复杂的地方。每天出门随处可见拾荒者、酒徒、瘾君子、妓女以及一些不太友好的黑人。

凯特六岁的时候，有一次夜里有几个黑人企图撬门进来盗窃。幸好凯特的父亲当天正好约了几个工友一起看球，几个壮汉打跑了入侵者，算是躲过了一劫。但这件事在幼年凯特的心里留下了阴影。

转眼凯特长成了二十岁的漂亮姑娘，有一份收入不错的工作，也搬离了父母家，住到了环境还算不错的新社区去。

有次凯特从超市出来，一个黑人一直跟在她后面。她很自然地又开始警觉起来。那个黑人一直跟着凯特，并保持着一定的距离，不快也不慢。

快到停车场的时候，那个黑人突然跑了过来，在凯特背后拍了一下，凯特吓得大叫起来，黑人赶紧转身跑了。

凯特的叫声引来了一些人，有人发现她的背上有一张字条，上面写着："不许动这个妞，她是我的。Z。"

几天后，凯特在小区附近的公园里再次遇到了这个黑人Z。

Z主动上前打招呼。凯特感觉到他是善意的，就和他聊了几句。原来Z是一个小偷，这一带的小偷都是划分地盘的。

凯特问Z："为什么你要帮助我？"

Z说："我经常看见你喂附近流浪的猫狗。我不偷好人的东西，否则那些流浪的猫狗会恨我的。"

凯特不知道该怎么接话，只是突然觉得心里暖暖的。童年的阴影就这样被Z一句轻描淡写的话驱散了。

凯特现在已经年近七十，一直坚持参加社区的各种公益活动。而Z，现在据说依然是个小偷。

玛雅

玛雅的母亲凯丽在玛雅十三岁的时候生了场大病，用玛雅的话说，凯丽差点儿就接受上帝的召唤去做天使了。但是她和父亲恩泽尔对此并没有做好准备，因此凯丽还是留在了人间，和她的家人在一起。

凯丽出院后不久，一天吃晚饭的时候，她对丈夫恩泽尔说："我清醒过来之前，其实已经见了上帝一面，他允许我回来和你们在一起，但有个条件，必须带着另一个小天使回来。嗯……那个小家伙看起来很像丘比特。”

恩泽尔笑了笑，问玛雅：“上帝要送给你一个可爱的弟弟，你会接受吗？”

玛雅想了想说：“既然上帝这么好心，我干吗不接受呢？”

恩泽尔看着凯丽说：“你看，全票通过了哈。”

凯丽起身吻了下玛雅和恩泽尔，说：“谢谢你们，你们都是天使。”

玛雅知道母亲说的是个故事，但她明白这是母亲的愿望。

恩泽尔自然也明白妻子的意思，因为她一直希望能再有个儿子，她曾对恩泽尔说：“你总说玛雅像我，我希望再有个儿子，像你。那样就完美了。”

之后，恩泽尔带着凯丽一起去医院做了孕前检查。因为凯丽之前生病的缘故，恩泽尔要确认再次生育对于凯丽来说是否危险。

检查结果出来了，再次生育对于凯丽来说风险系数不大，但医生建议采用试管婴儿的方式，这样风险系数可以得到更好的控制。另外，这点也是考虑到了恩泽尔和凯丽的年龄问题，他们已经不年轻了。

经过一夜的思考，凯丽和恩泽尔最终决定遵从医生的提议，要一个试管婴儿。

事实证明他们的选择是对的，凯丽家迎来了新成员小沃恩，看起来的确有点儿像丘比特。

有一年圣诞节的晚上，玛雅有意无意地问了父亲一句："你爱我多还是爱妈妈多？"恩泽尔说："当然是爱妈妈更多。"

玛雅假装生气地说："为什么？你可是从小就一直叫我公主！"

恩泽尔说："对呀，可我是侍卫，侍卫爱上公主是不会有好结果的。"

恩泽尔说完，大家都笑了起来。之后五岁的沃恩也问了同样的问题："那你爱我多还是爱妈妈多？"

恩泽尔笑着说："当然还是爱妈妈多。"

沃恩问："为什么？"

恩泽尔说："试管可以造出你，但造不出你妈妈。得到她比得到你难多了，我得好好珍惜。对吧？"

玛雅注意到，父亲说这些话的时候，一直牵着母亲的手。

晚上的时候，玛雅问沃恩："你会因为自己是试管婴儿而感到别扭吗？"

沃恩说："当然不会呀，我觉得这才是自己最厉害的地方。而且妈妈说过，我是上帝派来的天使，对吧？"

玛雅微笑着说："对。"

沃恩说："我会守护着妈妈、爸爸……如果你不和我抢糖和比萨吃的话，我也保护你好了。"

玛雅大笑着抱住了沃恩，她觉得母亲说得对，沃恩的确是小天使，同时她也觉得自己的家是全世界最幸福、最有爱的。

4

我听得入神，等听完了，比萨上的培根都没了！只剩下香菇、红椒、青椒和红肠丁可怜巴巴地拥抱在一起，看着我说：“别抛弃我们啊！”

我说：“凯尔，我现在感觉整个人都不好了。”

凯尔说：“是吗？”

我说：“你看看比萨这个死样！”

凯尔说：“你不要歧视它好不好？”

我说：“我特么怎么歧视了？这样的比萨还能叫比萨吗？这特么就是个素烧饼好吗？”

凯尔说：“你知道为什么我的那些故事大家都喜欢吗？”

我说：“不要转移话题！”

凯尔说：“人生是什么？人生就是感情堆积成的一段旅程。起点就是终点，没有所谓开始，也没有所谓结束。它是圆的。就好像这个比萨，培根是爱情，红肠丁是亲情，红椒是友情，青椒是其他的感情。你不能因为没有了爱情就觉得人生不是人生了，就觉得人生不够圆满了。所以我那些故事会有人喜欢，就是因为他们都懂得，爱情只是人生的一部分，可以温暖人心的不只是爱情，每种感情都有它的温度，哪怕是看起来很平凡的感情。就好比你面前的这个看起来一脸死样的比萨，你吃了，一样能饱，一样会长胖。”

我被凯尔的话彻底震住了，不禁说：“胖你妹！饱个毛！服务员，加一份比萨！不，加两份，一份打包！”

临走前，我和凯尔说：“我想把你这些故事整理出来，你用‘再……也……’的形式造个句给我吧。”

凯尔想了想说：“嗯……我再也吃不下了。”

再！见！

半夜写稿子的时候，凯尔发来微信，很简单的一句话：再暖也暖不过平凡。

想起凯尔之前说的话：爱情只是人生的一部分，可以温暖人心的不只是爱情，每种感情都有它的温度，哪怕是看起来很平凡的感情。

5

一个月前，凯尔打电话给我，说是要先回去了。

我问：“项目提前结束了？”

凯尔说：“我妈妈身体状况不太好，我得回去看看。”

我说：“别太着急，不会有什么事的。”

凯尔说：“从去年开始，她的状态就一直不太好。说实话，我挺担心的。不知道为什么，我会想到迪克和我说过的话。”

我不知道迪克是谁，但我很好奇他对凯尔说了什么。

凯尔说：“有年母亲节前和迪克聊到他的妈妈，老夫人因为肝癌去世了。去世前，迪克对他妈妈说：‘求求您别离开我好吗？我心痛得想死。’老夫人说：‘听着，小浑蛋，生你的时候，我痛得想要掐死你爸，还有大夫，但我挺过来了，把你养到这么大。你看，你让我痛了一次，这次该你还给我了。你也会挺过来的，对吧？’”

这样的情节和对白，我总感觉只有在美剧里才会看到。

我说：“你得往好处想，凯尔。”

凯尔说：“我当时把这件事发到微博上，还记得有一句评论看起来比这件事更让人心酸，那句评论是：‘你痛一次得到了我，而我痛一次却要失去你，这不公平呀，对不对？’虽然知道不该这么想，但还是会不自觉地担心。你也知道，我已经失去过一个最亲的人了。”

我不知道还能接什么话，只能说：“你赶紧回去吧。替我问候你爸妈，希望你可以早点儿带着好消息回来。”

凯尔说：“好的，谢谢你。我一定会带着好消息回来的。”

我说：“好。”

在书稿整理完成的时候，我接到了凯尔的电话，他妈妈已经出院，目前恢复状况良好，因此凯尔不久后就会再次回南京参与项目的工作。

凯尔说：“这次陪伴妈妈期间，我听到很多感人的事，回来慢慢说给你听吧。你看，我是不是很莱斯？”

我说：“莱斯！”

嗯，凯尔，作为一颗歪果仁，你真的蛮莱斯的。

（完）

图书在版编目（CIP）数据

再美也美不过想象/耀一著. —长沙：湖南文艺出版社，2014.10
ISBN 978-7-5404-6873-6

Ⅰ. ①再… Ⅱ. ①耀… Ⅲ. ①短篇小说-小说集-中国-当代 Ⅳ. ①I247.7

中国版本图书馆CIP数据核字（2014）第203862号

上架建议：小说 · 情感励志

再美也美不过想象

作　　者：耀　一
出 版 人：刘清华
责任编辑：薛　健　刘诗哲
监　　制：刘　丹　张应娜
特约策划：张应娜
特约编辑：谢晓梅
营销编辑：王钰捷　李　颖
插　　图：陆骏璇
封面摄影：（丹麦）Kenneth Nguyen
封面设计：车　球
版式设计：李　洁
出版发行：湖南文艺出版社
（长沙市雨花区东二环一段508号　邮编：410014）
网　　址：www.hnwy.net
印　　刷：北京市兆成印刷有限责任公司
经　　销：新华书店
开　　本：880mm × 1270mm　1/32
字　　数：181千字
印　　张：9
版　　次：2014年10月第1版
印　　次：2015年2月第2次印刷
书　　号：ISBN 978-7-5404-6873-6
定　　价：35.00元

（若有质量问题，请致电质量监督电话：010-84409925）